LOVING - DREW

VERSIONE ITALIANA

KYLIE GILMORE

Traduzione di
MIRELLA BANFI

Loving – Drew © 2022 di Kylie Gilmore

Copertina di: Michele Catalano Creative

Traduzione di: Mirella Banfi

Pubblicato da: Extra Fancy Books

ISBN-13: 978-1-64658-119-1

1

———

Audrey

Aspetto con impazienza al bar dell'Horseman Inn per il Grande Discorso che cambierà *tutto*. Non riesco quasi a credere che Drew Robinson, l'uomo dei miei sogni, abbia proposto questo incontro. Ha detto che era importante.

Ovviamente dichiarerà il suo amore. *Finalmente!*

Ho una gamba che saltella su e giù mentre mi guardo intorno con fare indifferente, cercandolo. Adoro Drew dal giorno in cui l'ho conosciuto quando avevo sei anni e lui undici. È il fratello maggiore della mia amica Sydney. Passavo un mucchio di tempo a casa sua e lo adoravo da lontano, finché era entrato nell'Esercito, a diciotto anni. Poi gli avevo mandato e-mail quotidiane per *anni*, condividendo ogni particolare della mia vita e quanto lo ammirassi veramente. Confesso che scrivevo nel modo enfatico delle ragazze adolescenti, come se stessi scrivendo sul mio diario. Un fatto che mi imbarazza ancora oggi.

Comunque siamo diventati amici, ora che abbiamo entrambi superato i trent'anni, frequentiamo lo stesso Club del Libro, facciamo volontariato nello stesso rifugio per animali e gli ho perfino lasciato leggere il libro che ho passato gli ultimi due anni a scrivere. Ho permesso solo a due persone di leggerlo e l'altra è una scrittrice. Il mio libro è la saga di una famiglia di militari e pensavo che i suoi suggerimenti potessero essere utili per dare un'ultima passata al libro dato che sa che cosa significa essere un soldato. È un ex ranger dell'Esercito e legge storia militare. È un po' deludente che non abbia detto altro che "bello". Non mi aspetto che il mio primo tentativo di scrivere un romanzo sia perfetto. Sono sicura che richieda altro lavoro ed è il motivo per cui continuo a fare revisioni.

«Posso portarti qualcosa?» mi chiede Betsy, la barista. È giovane, super stilosa e adora il rosa. I capelli corti sono rosa, indossa un maglione aderente rosa e una gonna a ruota retrò, sempre rosa. Nel tempo libero disegna la sua linea di abbigliamento. Io mi limito allo stile bibliotecaria chic, dato che è quello che sono.

Mi chiedo se ordinare il mio pinot grigio preferito per calmare i nervi, ma decido che sarebbe più cortese aspettare Drew. Mi rigiro sul dito una ciocca dei miei lunghi capelli castano scuro, un'abitudine che ho per rilassarmi. «Solo acqua, grazie. Aspetto un amico.»

Betsy annuisce e si sposta all'altro capo del bar per rinfrescare il drink di un paio di clienti. È sabato sera ma è presto. Siamo solo io e quei tizi.

Mi chiedo che cosa possa avere innescato questo Grande Discorso. Forse il giorno di San Valentino ha fatto pensare Drew. È stato tre giorni fa. Ma allora non avrebbe avuto più senso per lui dichiarare il suo amore il giorno di San Valentino?

Piedi per terra! Diamo un'occhiata ai fatti. Quattro anni fa avevo aperto il mio cuore a Drew e lui aveva chiarito perfettamente che mi avrebbe sempre vista come l'amica della sua sorellina. Le cose sono sembrate diverse solo di recente, come se ci fosse un'intimità che prima non c'era.

Vedo Drew appena arriva nella zona del bar. Sento un brivido percorrermi la schiena. Sembra che io sappia sempre quando è in una stanza. Si muove come un giaguaro, elegante e letale. I capelli castano scuro sono un po' lunghetti, gli occhi scuri sono fissi nei miei. Deglutisco, con il cuore che batte forte. Sembra un uomo con una missione.

Drew estrae lo sgabello accanto al mio e si siede. «Ehi.» Drew è un uomo di poche parole.

«Ciao, come stai?»

«Bene. Vuoi un pinot grigio?» Sa qual è il mio drink preferito. Una volta mi ha detto che ero prevedibile perché scelgo sempre quello. Quando mi piace qualcosa, è per sempre. Forse è per quello che mi sono fissata su di lui per così tanto tempo.

«Solo acqua per me» dico, cercando di non sembrare noiosamente prevedibile. «Allora, hai detto che dovevamo parlare. Va tutto bene?»

Lui annuisce e si rivolge a Betsy. «Posso avere quella nuova IPA alla spina?»

Mi asciugo il palmo sudato delle mani sui pantaloni. Sono venuta direttamente dal lavoro alla biblioteca di Summerdale. Ogni tanto faccio il turno di sabato. Mmm... Forse avrei dovuto cambiarmi, mettermi qualcosa di più sexy prima del nostro discorso. Stasera potrebbe cambiare tutto. Ora che è qui, con quell'aspetto sexy, da maschio alfa, quasi non sto più nella pelle per la portata di questo momento.

Lui fissa direttamente davanti a sé, stringendo le mascelle con quel velo di barba. Drew ha un autocontrollo d'acciaio. Non lo vedrete mai arrossire o dimenarsi. Era a capo della sua unità nei Rangers perché si poteva contare che mantenesse il sangue freddo in situazioni imprevedibili. Quando rispondeva alle mie e-mail mi parlava della vita nell'Esercito, anche se le sue risposte erano sempre brevi e non rivelavano mai molto. Mi dicevo che era perché non voleva che arrivassero informazioni in mani nemiche. Era meglio pensare così invece di credere che non ricambiasse i miei sentimenti.

Dopo un lungo silenzio dico gentilmente: «Allora, volevi dirmi qualcosa?».

Lui mi dà un'occhiata di sottecchi. «Sì.»

Altro silenzio.

Devo aiutarlo a dire le parole? Che i suoi sentimenti per

me sono cambiati? Che tutto il tempo che abbiamo passato insieme di recente significa che ha visto la luce e si è reso conto che sono un ottimo partito? Sono intelligente, lavoratrice e amorevole. Non sono una bomba sexy, ma, accidenti, sono carina.

Davanti al suo continuo silenzio comincio a provare un briciolo di irritazione. Ha notato che è l'ultimo single della sua famiglia e io sono l'unica single tra le mie amiche? Sa che sono anni e anni che desidero farmi una famiglia, avere dei figli? Non ho avuto fortuna da quel punto di vista, mentre le mie amiche si sono sistemate, con i loro mariti e i figli. E, credetemi, ho cercato di farmi avanti, ma nessuno è mai stato all'altezza di Drew. Innanzitutto c'è l'elettricità che si irradia in me ogni volta che mi guarda. Riesco solo a immaginare come mi sentirei se mi toccasse veramente.

Oltre al suo aspetto sexy, so che è una brava persona, un uomo d'onore che fa sempre la cosa giusta, che sostiene la sua famiglia e si è preso cura della sorella e dei fratelli minori dopo la morte della loro madre. È il tipo di uomo su cui si può contare per il lungo periodo. Non so immaginare un uomo migliore come marito e padre.

Se Drew dichiarerà adesso il suo amore, lo perdonerò per come ha reagito la prima volta in cui gli ho rivelato i miei sentimenti. Darò una chance all'amore. Ho il cuore che batte forsennatamente, con la speranza e l'eccitazione che fremono per uscire. La gamba rimbalza più in fretta, mentre aspetto... E aspetto... E aspetto.

Arriva la sua birra e Drew beve un lungo sorso. Guardo il suo pomo d'Adamo andare su e giù in gola. Il collo è così virile, muscoloso con i tendini in vista. È in forma come il soldato che era. Sono sicura che aiuti il fatto che gestisce un dojo, la Robinson Martial Arts Academy. È cintura nera. Sono una dei suoi allievi anche se lui mi tratta sempre nel modo più professionale durante le lezioni.

Si volta verso di me.

«Aud.»

Il cuore mi salta in gola. «Sì?»

Lui guarda oltre la mia spalla. «C'è una cosa che devo dirti da molto tempo.»

Sì! Dimmi che cosa provi!

Sposto tutto il corpo verso di lui, rendendogli molto più facile baciarmi. «Sì?»

Lui mi guarda negli occhi, mortalmente serio. «Abbiamo passato molto tempo insieme al Club del Libro, al rifugio per animali e al dojo.»

Annuisco, ma tengo la bocca chiusa, temendo che, se parlassi, rallenterei ulteriormente un discorso già lentissimo.

Drew beve un altro sorso di birra e fa una smorfia prima di dire: «Abbiamo una storia. Ci conosciamo da tanto tempo».

Sorrido, non riesco a farne a meno. Finalmente ci siamo, si è finalmente reso conto di quanto sono importante per lui.

Drew continua. «Come quando venivi a casa nostra per stare con Sydney quando eravamo più giovani e avevi sempre qualcosa di carino da dirmi. La maggior parte delle sue amiche mi ignorava. E poi tutte le e-mail che mi hai scritto quando ero in missione e la volta in cui hai detto che ero Quello Giusto, anche se sapevo che non eri seria. Ti sei arrabbiata quando ti ho spiegato perché provavi quei sentimenti, ma poi dopo, quando mi hai sorpreso alla festa di fidanzamento di Gage e Skylar, è allora che ho capito che eri finalmente di nuovo a tuo agio con me.»

Il mio sorriso svanisce. Che storia. Io, che l'ho adorato per anni e anni. La mia sorpresa sexy a quella festa di fidanzamento che era finita in niente. Le mie speranze cominciano a svanire. Quante volte devo farmi avanti per questo maschio alfa completamente sprovveduto?

Di colpo è così pieno di parole e tutto ciò che voglio è che stia zitto. «Ho immaginato che fossi sbronza a quella festa» dice in tono ragionevole. «Poi te ne sei andata per non provare troppo imbarazzo per quanto fossi ubriaca, e immagino che ci porti a questo momento.»

La storia di Drew e Audrey, protagonista Audrey che si rende ridicola. Adesso sarebbe un buon momento perché si unisca a me in questa festa di mutua adorazione.

«Allora a che punto siamo adesso?» chiedo a denti stretti.

Lui mi guarda. Io lo guardo. I secondi passano...

Drew apre la bocca e poi la richiude.

«Drew? La nostra storia? Dove stiamo andando a parare? Hai detto che era importante e che è parecchio che mi devi dire qualcosa.»

Ehi! È il Grande Discorso che hai promosso tu. Parla, amico!

Lui picchietta sul bancone. «Siamo amici.»

Irrigidisco le spalle. «Mi hai fatto venire qua per dirmi che siamo amici? So che siamo amici.»

«E tu dovresti scrivere un altro libro perché sei un'ottima scrittrice. Una grande scrittrice.»

«È quello che mi volevi dire?»

Lui alza il mento con un'espressione illeggibile. È così frustrante. Non riuscirò mai a superare l'enorme muro che c'è tra di noi.

Le forze mi lasciano di colpo, sento le membra pesanti. Non riesco a credere di essermi agitata tanto per il nostro Grande Discorso che si è rivelato non essere niente. Siamo amici? Che novità!

Sospiro. «Non posso cominciare un nuovo libro finché non avrò finito con questo. Sto pensando di assumere un editor prima di mandarlo agli agenti letterari, per essere sicura che sia la migliore versione possibile.»

Drew diventa immobile come un sasso.

«Drew?»

Lui si alza e getta qualche banconota sul bancone. «Non aspettare troppo a scrivere qualcosa di nuovo.»

«Te ne vai?»

Lui indica dietro di me. «Ho appena visto Sydney. Puoi stare con lei.»

Oh, davvero posso? Grazie per avermi detto che posso passare del tempo con una delle mie migliori amiche.

«Bella chiacchierata» dico seccamente.

Drew annuisce e mi dà una seconda occhiata, come se non fosse sicuro se sono sarcastica. Sì, sono sarcastica! Sotto l'aspetto esteriore di questa dolce bibliotecaria batte il cuore di una donna appassionata. Ho grandi sogni. Voglio che pubblichino il mio libro, fare un tour pubblicitario e avere una magnifica festa a New York City per la sua pubblicazione. È per quello che il mio libro dev'essere nella forma migliore prima di spedirlo.

«Ci vediamo» mi dice.

Appena se ne va, crollo sul bancone, appoggiando la testa alle mani. Non mi permetterò più di sperare quando si tratta di Drew Robinson. Non è la mia anima gemella e non lo sarà mai.

$\sim$

Drew

Il segreto che mi sta divorando dentro minaccia di distruggere tutto tra di noi prima ancora che cominci. Ed è un problema perché più tempo passo con Audrey più la desidero. È bella, non ci sono dubbi. I lunghi capelli scuri incorniciano brillanti occhi azzurri, le guance rotonde e un adorabile mento a punta. Poi c'è il suo piccolo corpo sexy su cui muoio dalla voglia di mettere le mani. Ma è bella anche dentro, dolce e buona. So che non la merito.

Il senso di colpa pesa su di me mentre mi allontano dall'Horseman Inn. Non sono riuscito a dirlo. Audrey mi odierà. E mi ci è voluto troppo tempo per rientrare nelle sue grazie. Quella donna riesce veramente a serbare rancore. Solo perché ho sottolineato la verità: la sua cotta adolescenziale non significava che io fossi quello giusto. Allora non mi conosceva nemmeno così bene. Inoltre non credo nella faccenda dell'Uomo Giusto o delle Anime Gemelle o quelle stupidaggini romantiche. Favole.

Ma ecco che cosa so essere vero: Audrey è la persona a cui mi rivolgo per avere conforto. C'è stato un periodo buio durante il quale mi ha trattato con freddezza ed è stato orribile. Poco per volta ho riguadagnato la sua fiducia.

L'unico momento in cui mi rilasso è quando Audrey mi

guarda in un certo modo. Come se credesse in me, come se io non potessi mai fare niente di sbagliato.

Ho fatto una cosa veramente sbagliata.

E non posso cancellarla. È un vero casino.

Entro nel vialetto di una casa a due piani in stile coloniale. La signora Ellis è l'unica persona che ritengo possa aiutarmi. Quando la situazione è disperata... O forse semplicemente non sto pensando chiaramente a causa degli incubi che mi tormentano, oltre all'insonnia. Ieri notte è stata particolarmente brutta, mi sono svegliato pronto a combattere a causa di un incubo.

Beh, sono qui, quindi facciamolo. Sono appena passate le sette di sera, quindi spero che la signora Ellis sia ancora sveglia. Sta invecchiando, ha novant'anni ma è lucidissima e acuta.

Percorro il vialetto fino al portico di cemento. Giuro che la signora Ellis ha le capacità tattiche di un generale. Novant'anni. Si è veramente guadagnata il suo soprannome, Generale Joan. Alcuni la chiamano così per la sua indole severa. Era la mia insegnante di terza elementare. Non mi piaceva il mucchio di compiti che ci assegnava, ma non ero intimidito da lei come gli altri bambini. Lei imponeva le regole e si aspettava che le seguissimo come un grande comandante militare. Non c'è niente di più difficile di riportare all'ordine un gruppo di ragazzini di otto anni confinati in un'aula.

Adesso la signora Ellis si definisce un Cupido ed è esattamente il motivo per cui sono qui.

Suono il campanello e aspetto. Sono già stato qui in passato. Un tempo facevo per lei le piccole riparazioni necessarie in casa prima che subentrasse Garrett, il marito di sua nipote.

La porta si apre e la signora Ellis mi osserva attraverso la zanzariera. Ha i capelli bianchi corti con la riga di lato, appena ondulati, occhi castani e zigomi pronunciati. Bene, non è ancora in pigiama.

Alzo la mano per un saluto.

Lei apre la porta. «Drew? C'è qualcosa che non va?»

«Sì. Speravo potesse aiutarmi.»

«Entra.»

La seguo in casa dove lei resta al centro del soggiorno, studiando la mia espressione. La maggior parte della gente non riesce a capire che cosa sto pensando. Immagino che la mia reputazione di persona che mantiene il sangue freddo sia in parte dovuto al fatto che il mio volto non rivela le mie emozioni. Le sento in profondità dentro di me.

«Posso offrirti qualcosa da bere?» mi chiede.

«No, grazie.»

Lei si volta e va verso la sua poltrona azzurra con le schienale alto, zoppicando un po' per via dell'anca malandata. C'è anche un montascale che porta al piano di sopra. È una dura, si rifiuta di fare l'intervento di protesi all'anca.

Si siede e mi fa segno di sedermi. «Stanno tutti bene? C'è qualcuno in ospedale?»

Mi siedo sul divano a fiori coperto di plastica. Scricchiola quando mi chino in avanti, appoggiando i gomiti sulle ginocchia. «Stanno tutti bene. È più un problema personale.»

«Continua.»

«Lei sta minacciando da un po' di accoppiarmi a qualcuno.»

Lei sorride e per un momento sembra una dolce nonnina invece di una severa aguzzina. «Ovvio, sei l'ultimo uomo single in città, per non dire poi che ti hanno scandalosamente ignorato. Sei un illustre veterano, hai la tua attività e sei responsabile. Ho sentito che eri a capo della tua unità e adesso, con il tuo dojo, guidi gli altri nella comunità perché abbiano forza e autostima. Sfortunatamente, Drew, la tua generazione non nota un vero uomo anche quando ce l'ha davanti al muso.»

Mi fa sorridere. *Immagino di avere i requisiti del vero uomo ignorato da tutte le donne.* «Dovrei far scrivere a lei il mio profilo per l'app di appuntamenti.»

«Pfff. Non ne hai bisogno, avendo me. Ho messo insieme molte coppie proprio qui in città.»

Si prende sempre il merito, ma non so quanto abbia veramente contribuito. Tutto ciò che so è che ha sempre il naso ficcato negli affari degli altri e che dispensa sempre consigli su chi dovrebbe stare con chi, quindi immagino che stia facendo qualcosa di buono.

Oppure potrebbe essere tutta una coincidenza.

«Non so che cosa fare» ammetto.

Lei mi guarda piegando la testa di lati. «Drew, non ti ho mai sentito sembrare incerto. Sei venuto nel posto giusto. Dimmi tutto.»

«Si tratta di Audrey.»

«Provi qualcosa per lei?»

«Sì, ma non la merito.»

«Stupidaggini.»

«Lei è così dolce e buona. Io no.»

«Tu non sei dolce, è vero, ma credo che tu abbia un cuore d'oro ed è tutto ciò che conta.»

Alzo una mano. «Qualche anno fa, l'ho insultata e poi lei non ha più voluto avere niente a che fare con me. Ho lentamente riconquistato la sua fiducia e più la conoscevo, più mi rendevo conto di provare questi...» tossicchio «...sentimenti. Sentimenti profondi, che si sentono fino in fondo, capisce?» Mi metto una mano sullo stomaco.

E mi ci vuole tutta la mia forza di volontà per non afferrarla e baciarla. Che posso dire. Dentro di me sono una bestia. È in parte il motivo per cui ho resistito così a lungo all'attrazione. Audrey è la brava ragazza della porta accanto che dovrebbe stare con il Signor Perfetto con un bel taglio di capelli e il farfallino. Io sono tutt'altro che perfetto e sembrerei ridicolo con il farfallino. E probabilmente mi servirebbe un taglio di capelli.

«Qual è il problema?» chiede bruscamente la signora Ellis.

«Ho rovinato tutto.»

Lei resta zitta, continuando a fissarmi.

Immagino che voglia che continui a parlare. «Perché, sa, Audrey ha passato gli ultimi due anni a scrivere questo libro fantastico e me l'ha mandato da leggere a novembre. E, per quanto le dicessi che era buono e che avrebbe dovuto mandarlo alle case editrici, diceva sempre che serviva un'altra revisione. Ho immaginato che le mancasse la fiducia in se stessa, quindi ho sistemato il problema inviandolo io a tutti gli agenti letterari e case editrici che ho trovato.» Un mio compagno d'armi ha avuto successo scrivendo thriller militari e mi ha spiegato come funziona il sistema. Il libro di Audrey era buono quanto il suo lavoro, secondo me, ma con un'angolazione speciale, avendo una donna come protagonista. Sembrava tutto perfetto, finché...»

«Senza che lei lo sapesse?»

Deglutisco forte, con il senso di colpa che mi divora. «Sì, ed è stato respinto da tutti. Adesso dice che vuole pagare un editor per un'ultima ripassata prima di inviarlo.»

«Quindi scusati sinceramente e dille che cos'è successo.»

Faccio una smorfia. «Non capisce, il suo libro è morto. Non può inviarlo a nessuna agenzia letteraria e le case editrici non accettano manoscritti non richiesti. Devono passare da un agente.»

«Il mio consiglio resta sempre quello.»

Abbasso la testa. «Lo so.» La guardo negli occhi. «E ho tentato di dirle che cosa avevo fatto ma non ci sono riuscito. Questa volta non mi perdonerà. Le ci sono voluti due anni per riprendere a parlarmi. Non si fida facilmente.»

Mi raddrizzo, con gli occhi che bruciano. È una situazione impossibile da sistemare.

«Drew, perché sei venuto qua, esattamente? Non vuoi accettare i miei consigli, non vuoi ammettere ciò che hai fatto. Qual è esattamente l'obiettivo?» La sua voce diventa più imperiosa man mano che parla.

Mi fissa e nei suoi occhi e nella sua espressione non traspare la minima emozione. Sarebbe stata perfetta per interrogare i prigionieri.

Vuoto il sacco dicendo la verità. «Ho bisogno di aiuto perché Audrey provi nuovamente dei sentimenti per me.» *Non una cotta adolescenziale, ma una cosa vera.*

Mi sposto a disagio e il forte scricchiolio dalla plastica sopra il divano mi mette ancora più in imbarazzo. Io non mi agito mai. Sono sempre freddo, calmo e sotto controllo. È il motivo per cui mi avevano scelto come capo della mia unità quando ero nei Rangers. Non permettevo alle emozioni di interferire con la mia lucidità.

Lei mi fissa, pensierosa. *Forse ha bisogno di altre informazioni.*

Mi schiarisco la voce. «Vede, se avessimo una relazione, sarebbe più facile essere sincero con lei perché non mi taglierebbe fuori immediatamente. Avrei ancora una possibilità.» Sento il volto in fiamme. Ho trentasei anni e la mia ultima relazione risale alle scuole superiori. Non sono stato un monaco, ma non mi sono mai legato a nessuno. C'è sempre qualcosa che mi impedisce di fare il passo che mi porterebbe a una relazione seria. Non so che cosa sia. Forse ho sempre aspettato Audrey.

Lei batte una volta le mani. «Eccellente, Drew. Credo che ora tu sia pronto per Audrey. Scommetto che sarete sposati prima della prossima estate.»

«Sposati» ripeto. Non mi spaventa come temevo. Forse sono finalmente pronto per il grande passo?

«Okay, ecco che cosa farai.»

Mi chino verso di lei, che mi fa segno di allontanarmi. «Vai a prendere una penna e un blocchetto in cucina. Voglio essere sicura che tu capisca esattamente quello che dico.»

Sento un'ondata di sollievo e ogni muscolo si rilassa. Finalmente un piano serio. Sono stato astuto nel chiedere il sostegno del Generale. Solo il Generale Cupido può aiutare quelli come me. Dire che non sono romantico è un eufemismo, ma ho un cuore. E Audrey è veramente importante per me.

Torno sul divano con un altro scricchiolio di plastica, pronto a prendere nota di ogni perla di saggezza.

Lei sorride, con gli occhi castani che scintillano allegri. «Il vero problema è che non hai mai mostrato le tue migliori qualità. Adesso sistemeremo la faccenda.»

Sento un brivido percorrermi la schiena.

2

─────────

Audrey

Mentre vado alla Robinson Martial Arts Academy in un freddo sabato mattina, mi dico di non pensare troppo a che cosa può significare il fatto che Drew mi abbia chiesto per la prima volta di aiutarlo con la classe dei bambini. Non è perché sia interessato a me come potenziale fidanzata. Aveva solo bisogno di un aiutante. Forse non era disponibile suo fratello, Caleb, che lo aiuta di solito.

Muori, speranza, muori!

Ancora una volta devo nascondere i miei sentimenti e accettare la friend-zone, altrimenti lo perderò del tutto. Mi si stringe lo stomaco a quel pensiero e il respiro accelera. Lo voglio nella mia vita, ma a che costo per il mio cuore?

Faccio un respiro profondo. L'unica cosa che mi impedisce di morire di crepacuore è sapere quanto Drew abbia bisogno di me. Vedete, Drew è un solitario. Certo, ha la sua famiglia qui in città, ma oltre a quella non ha molti altri. Lo attribuisco al PTSD, il Disturbo Post Traumatico da Stress conseguenza del tempo passato come Ranger dell'Esercito. Ho fatto moltissime ricerche in tema militare per il mio libro, quindi so di che cosa sto parlando.

È il motivo per cui ho passato gli ultimi cinque mesi ad

"aggiustare" la sua vita. Ovviamente sono stata discreta, facendo funzionare lentamente la mia magia. Prima l'ho invitato a unirsi al Club del Libro in biblioteca, per dargli un senso di appartenenza, poi ho fatto un'altra grande mossa, chiedendogli di fare il volontariato con me al rifugio per animali. Questa parte è stata delicata. Il rifugio è una delle sedi dell'associazione Best Friend Care, che addestra i cani dei rifugi perché diventino cani da terapia per i veterani con il PTSD. Sto solo aspettando il cane giusto per Drew, lo incoraggerò dolcemente a adottarlo e poi gli presenterò l'opzione di far frequentare al cane il programma per diventare cane da terapia. Voilà. Vita sistemata.

Parcheggio il mio maggiolino Volkswagen rosso, sentendomi fiera di me per come ho aiutato Drew finora. Mi dirigo verso la porta di vetro sul lato della vecchia casa rivestita di assicelle bianche. Il dojo è al secondo piano. Salgo di corsa le scale e apro la porta. Sono in anticipo, quindi il posto è vuoto. Attraverso la piccola sala d'attesa, oltrepasso la piattaforma elevata dove si tengono le lezioni e giro l'angolo... *Ah!*

Sbatto con la faccia contro il petto nudo di Drew. Il suo profumo sexy mi inonda, di fresco e legni preziosi.

Balzo indietro con il cuore che batte fortissimo. Indossa il suo *gi* ma non ha ancora allacciato la cintura. Tutto il torace è esposto, dai pettorali muscolosi e abbronzati, agli addominali scolpiti a quella V di muscoli che scompare sotto i pantaloni. Il mio respiro accelera. Non lo vedo a torso nudo da quando ero un'adolescente in preda a un amore non corrisposto.

«Pensavo di aver sentito qualcuno» dice tranquillamente Drew.

Ho la bocca secca. «Sì, io, uhm, mi devo cambiare.»

Lui chiude la giacca – l'*uwagi* – e avvolge la cintura nera intorno alla vita. «Ci vediamo di fuori.»

Mi precipito verso lo spogliatoio femminile, con la pelle in fiamme. Questo desiderio è terribilmente scomodo. Se potessi bruciare così per un altro uomo, giuro che lo farei.

Entro nella stanza subito dietro il suo ufficio e chiudo la porta. Sento uno schedario che si apre e si chiude. Drew sta facendo il suo lavoro come al solito. Mi esaspera il fatto di non avere alcun effetto su di lui.

Apro la mia borsa e ne tolgo il mio *gi* e la cintura arancione. Un giorno sarò cintura nera. Drew mi ha invitato a frequentare una lezione l'estate scorsa e speravo significasse che mi desiderava. Ovviamente, durante le lezioni mi ha sempre trattato da perfetto professionista.

La mente torna a quattro anni fa. Io, piena di speranza, coraggiosa e stupida. Drew... Insultante.

Era quasi la fine di dicembre e mi ero detta che era finalmente ora di dirglielo, dopo aver nascosto i miei sentimenti per tanto tempo. Il Capodanno si stava avvicinando velocemente e una parte di me pensava che avrei potuto cominciare l'anno con una nuova relazione. Badate bene, avevo ventotto anni, quindi non si trattava di una momentanea infatuazione adolescenziale.

Gli avevo chiesto di vederci nella biblioteca dove lavoro. Errore numero uno. Avevo pensato che incontrarci nel mio ufficio dopo l'orario di lavoro avrebbe creato un ambiente favorevole, senza pressioni. E così era stato. Era anche diventato un promemoria infinito, ogni volta che arrivavo al lavoro, di ciò che era successo quella sera. E ciò che era successo era stato l'errore più grande della mia vita.

Drew era venuto nel mio ufficio. «Non mi ero reso conto che avessi già finito di lavorare. Che c'è?»

Il mio cuore aveva cominciato a tambureggiare. Il mio amore da sempre. Le dita mi prudevano dalla voglia di passargliele tra i capelli morbidi. Il suo corpo muscoloso e capace mi faceva ardere dal desiderio di avvicinarmi di più.

Avevo sorriso, in modo sexy, speravo, e mi ero appollaiata sul bordo della scrivania, indicando lo spazio accanto a me. Drew si era avvicinato, fissandomi coi suoi occhi scuri.

Avevo fatto un respiro profondo. «Allora, stavo pensando...» La mia voce aveva tremato. «Cioè, volevo dirti... Ricordi che ti mandavo un'e-mail al giorno quando eri in missione?» *Perché ero follemente innamorata di te?*

«Sì.»

«E anche prima di allora ti avevo notato.»

Drew aveva raddrizzato la schiena. «Sì, ti avevo notata anch'io. Eri sempre a casa nostra.»

Avevo riso, con una goccia di sudore che scorreva in mezzo ai seni. «Giusto. La faccenda è, Drew, che ti amo da quando riesco a ricordare e volevo che lo sapessi.»

Silenzio.

Il sudore si era raccolto sopra il mio labbro superiore e lo avevo asciugato. Chiaramente lo avevo sorpreso. «Non mi aspetto che me lo dica anche tu.»

«Aud,» aveva detto gentilmente «non è reale. Era una cotta infantile. La piccola Audrey che guardava il fratello maggiore della sua amica.»

Mi si era stretto lo stomaco e la speranza era svanita in un lampo. «Penso di sapere che cosa provo.»

Drew si era alzato e aveva scosso la testa. «Forse nella tua mente ti sei costruita un'immagine di me fin da quando eri più giovane, ma, ora che siamo adulti, siamo alla pari. Due persone cresciute nella stessa città. Amici.»

Mi si stringe la gola. «Amici. Giusto.»

«Ci vediamo in giro.»

Se n'era andato mentre io ero rimasta lì, bruciante di umiliazione. Distrutta. Tanto valeva che mi avesse dato una pacca sulla testa. Una cotta infantile? Aveva completamente liquidato i miei sentimenti. Mi vedeva solo come l'amica della sua sorellina.

Gli avevo aperto il cuore e lui lo aveva calpestato.

Scuoto la testa a quel ricordo che mi brucia ancora e finisco di vestirmi, andando verso il materassino per il riscaldamento. Drew è nella piccola sala d'attesa a salutare gli studenti man mano che arrivano. È alto un metro e ottantacinque ed è un gigante accanto ai bambini. Non sapevo che sarebbero stati così piccoli. Sembra una classe di scuola materna, bambini di tre o quattro anni. Le mamme e i papà li aiutano a prepararsi tenendo in braccio bambini più piccoli e neonati.

Drew batte il cinque con un bambino dai capelli scuri che

è ipereccitato di vederlo. Le mie ovaie danzano felici. Drew tratta ogni bambino con serietà, parlando con lui e battendo il cinque o facendo scontrare i pugni. Non sorride né parla con loro in modo infantile come fanno alcuni adulti. È semplicemente se stesso e i bambini lo adorano.

Mi volto, asciugandomi una lacrima. Non l'avevo mai visto con i bambini piccoli.

Drew batte le mani. «Tutti sul materassino. Fatemi vedere venti saltelli. Via, via, via.»

Mi passa accanto una mandria di bambini.

Drew li segue a passo più lento, continuando a dare ordini alla classe. «Che cosa si dice quando il *Sensei* vi dice che cosa fare dopo?»

«Sì, *Sensei*» grida un coro di bambini.

È abbastanza vicino che vedo i suoi occhi castani scintillare. Un evento raro. Si sta divertendo con i bambini.

Mi accodo a lui mentre andiamo all'apertura tra le funi che circondano la piattaforma molleggiata. «Sei bravo con loro.»

«Sono il maggiore di cinque figli. Sono abituato a tenere d'occhio i piccoli.»

Va di fronte al gruppo. Io resto in piedi accanto a lui, aspettando che abbia bisogno del mio aiuto con i bambini.

«Quanti saltelli erano?» chiede.

I bambini gridano una varietà di numeri.

«Quattro!»

«Cinquanta!»

«Uno venti!»

Drew batte le mani, «Dovremo ricominciare da capo. Contate con me.» Mi indica di unirmi ai bambini per i saltelli.

«Uno! Due! Tre!» abbaia e sembra un sergente istruttore.

I bambini lo seguono come un gruppo sgangherato, alcuni più lentamente, alcuni saltellando a gambe unite invece di allargare le gambe. Sono adorabili.

Mi volto a guardare Drew, che si trasforma davanti ai miei occhi in un papà paziente che insegna ai propri bambini. Mi giro ma allora sto guardando i faccini adorabili mentre guardano papà, cioè, volevo dire, Drew, aspettando l'ordine successivo.

Spero veramente di non assomigliare all'adolescente sognatrice che ero perché sono sicura di sentirmi così. Il mio cuore si scioglie. Desidero tanto Drew. Desidero un futuro con lui.

Dio, è così imbarazzante.

«Poi venti flessioni!» ordina Drew. Viene da me, chinandosi per sussurrarmi all'orecchio: «Potresti aiutarmi girando in mezzo a loro? Alcuni non sanno ancora tenere la posizione per le flessioni».

Sento un fremito di eccitazione alla sua vicinanza e la vibrazione della sua voce all'orecchio. Annuisco come una bambolina da cruscotto e vado da un bambinetto biondo con il sedere per aria.

Mi inginocchio accanto a lui. «Ehi, cerchiamo di abbassare il sedere. Devi fare la flessione come se fossi una tavola».

«Così?» E si spinge verso l'alto con il sedere ancora per aria.

«Non proprio. Lascia che ti aiuti.» Gli metto le mani intorno alla vita per guidarlo ad assumere la posizione corretta.

Drew mi passa accanto e mi sorride. Mi manca il fiato a quel raro sorriso. L'effetto è stupendo. Forse sono ancora quell'adolescente sognatrice.

La classe procede veloce. Drew e io formiamo una bella squadra e i ragazzini alla fine della lezione sono esultanti. Vado con lui nella sala d'attesa dove chiacchiera con i genitori e saluta i bambini. È pieno di burbere lodi per i ragazzini e io assorbo ogni parola.

«Ottimo lavoro oggi, Jacob» dice.

«Bravissima, Camilla, hai dato il massimo.»

«Robbie, diventi ogni volta più forte.»

I bambini si godono ogni commento. Sembra sincero. Sospiro, sognante.

Qualcuno mi dà un colpetto sulla spalla. Mi volto. «Oh, ciao!»

È Eve Larsen, la sorella minore della mia amica Jenna, che si è recentemente trasferita in città. Come Jenna è alta, snella e bionda. È una sceneggiatrice e abbiamo avuto qualche bella conversazione sulla vita da scrittrice, motivo per il quale le ho finalmente permesso di leggere il mio libro. Mi sorride. «Ciao! Se hai un minuto, vorrei parlare con te.» Si accuccia per salutare quella che diventerà presto la sua figliastra, Nora. «Com'è andata?»

Nora arriccia il naso. «Non mi piacciono le flessioni.»

«Si è sforzata al massimo» dico. Nora è nuova e Drew ha fatto in modo che tutta la classe le desse il benvenuto. Ha i capelli scuri raccolti in una coda di cavallo e ha passato metà della lezione a girarsela intorno al dito. I miei capelli mi arrivano in vita quindi so che conforto possa dare arrotolarseli sulle dita.

«Possiamo lavorare insieme sulle flessioni, a casa» dice Eve a Nora. «Ci vogliono un po' di muscoli nelle braccia, come i miei.» Si arrotola la manica e flette il bicipite. È tonico ma non proprio grande.

Nora tasta il braccio di Eve. «Wow.»

Eve annuisce. «Vai a prendere le calze e le scarpe dal tuo cubicolo e mettili.» Si alza e mi tira da parte, in un punto più silenzioso. «Ho finito di leggere il tuo libro e mi piace. Vorrei adattarlo per farne un lungometraggio.»

Resto a bocca aperta. Gliel'ho mandato solo la settimana scorsa. Non mi aspettavo che lo leggesse così in fretta. E le è piaciuto? Un film? La mia mente vacilla.

Drew mi guarda e poi si unisce a noi. «Che cosa c'è che non va?»

Indico Eve, ancora stordita. «Eve vuole fare l'adattamento cinematografico del mio libro.»

«Whoa» dice Drew.

Eve continua. «La società di produzione di Claire Jordan è nel Connecticut, non lontano da qui, e l'ho già incontrata. Le piacciono le storie con protagonista una donna, come la tua. Spero che le piaccia abbastanza da comprare i diritti per il film e assumermi come sceneggiatrice. Che ne pensi?»

Mi porto la mano alla gola, spalancando gli occhi. «Non riesco a credere a quello che sto sentendo. Allora non credi che debba pagare un editor per la revisione prima di spedirlo?»

Lei sorride. «No. Penso che l'ultima versione sia perfetta.»

«Lo pensavo anch'io» dice Drew.

«Tu hai letto una versione precedente a quella di Eve» dico distrattamente. «Il libro è migliorato parecchio.»

Drew fa uno strano verso soffocato. «Ho bisogno di bere un po' d'acqua.» Va in fondo verso il distributore d'acqua.

Ho quasi le vertigini a quella prospettiva. La mia grande chimera è appena diventata un sogno febbrile a cui non ho mai veramente osato pensare. Un film? Significherebbe una bomba in termini di pubblicità per la pubblicazione del libro. La mia immaginazione fa un balzo in avanti: un giro promozionale, un party, interviste sui maggiori canali TV, una première con il tappeto rosso! *AHHH!*

«Se per te va bene, vorrei proporlo a Claire Jordan.»

«Certo!»

Nora si avvicina correndo e afferra la mano di Eve. «Pronta.» Indossa sneakers con il velcro e gli unicorni. È così carina.

«Parleremo presto» dice Eve.

«Ciao, maestra» mi dice Nora.

«Ciao» dico, salutando entusiasticamente con la mano la graziosa bambina. Se ne vanno e vado a sedermi con le gambe tremanti. Notizia pazzamente felice. Resto seduta lì, stordita per non so quanto tempo.

Poi finalmente mi alzo e vado a cambiarmi, passando accanto a Drew mentre vado.

«Notizia eccitante» dice in tono pacato.

«È un'ottima notizia. Penso che meriti un punto esclamativo. Notizia eccitante!»

Lui deglutisce abbastanza forte da sentirlo. «Assolutamente. Ci vediamo più tardi al rifugio.» Facciamo sempre volontariato il sabato pomeriggio. Fa tutto parte del mio piano per migliorare la vita di Drew.

Vado nello spogliatoio, perplessa per il suo atteggiamento.

Perché non sembra felice per me? Ha sempre sostenuto il mio lavoro. Mi slaccio la cintura. Non posso permettere che mi abbatta. Sto per lanciarmi nella carriera dei miei sogni. Woo-hoo!

Ballo da sola nello spogliatoio prima di spogliarmi. Non vedo l'ora di ammirare il mio libro sugli scaffali della mia libreria preferita! E sul grande schermo!

3

———

Drew

E adesso? Avevo un piano a prova di bomba approvato dal Generale Cupido per invitare Audrey nella mia vita, in modo che fosse più comprensiva quando avrei spiegato che avevo cercato di sistemare la sua vita per le ragioni giuste. Stavo cercando di far avverare i suoi sogni. Devo avvertire Eve che il manoscritto di Audrey è già stato respinto da ogni agente letterario nel paese? Ci sono seconde possibilità nell'editoria? Ci sono seconde possibilità nell'amore? Whoa. Non siamo ancora a quel punto. Audrey mi idolatrava solo perché ero più grande. Immagino di aver sempre dato per scontata quell'adorazione. Mi manca.

Devo aspettare il momento giusto per vuotare il sacco.

Adesso sono a casa per il pranzo dopo la lezione di karate per i bambini. Quelli più grandi arrivano dopo le lezioni alla scuola materna. Audrey è stata grande con i bambini, come prevedevo. L'ho vista con la bambina di Sydney, mia sorella, e anche con il figlio di Jenna. Adora i bambini.

Prendo dalla tasca la lista del Generale Joan e spunto la prima voce del piano *Invita Audrey a far parte della tua vita.* È stato il Generale a trovare il nome del piano. È il titolo giusto per questa missione. Cupamente soddisfatto, finisco il mio sandwich in un paio di bocconi, metto il piatto nel lavandino e vado a fare la doccia.

Poco dopo mi dirigo verso il rifugio. È gestito dal veterinario Dominic Russo. Per un po' avevo pensato che Audrey provasse qualcosa per lui. In parte è il motivo per cui avevo accettato di fare il volontario quando lei mi aveva chiesto di dare una mano. Dovevo vedere di persona se Dominic fosse una minaccia. Dopotutto, Audrey una volta guardava solo me come se fossi un eroe, tutta guance rosse e mani svolazzanti. Poi avevo scoperto che a Dominic piaceva Eve, proprio la sceneggiatrice che ha portato la bella notizia ad Audrey. Non ho mai chiesto ad Audrey se fosse delusa riguardo a Dominic perché non volevo saperlo.

Quando arrivo al rifugio, Audrey è già lì, insieme a Dominic. Lui e io in effetti abbiamo molto in comune. Siamo entrambi veterani, lui era nei Marines, e abbiamo una nostra attività. È anche lui sulla trentina, ha più o meno la mia stessa statura. Il Generale Joan mi ha fatto notare le nostre somiglianze quando stava cercando di accoppiare Audrey a Dominic, o forse stava cercando di farmi ingelosire? Quella donna è una fantastica stratega. Ero geloso anche se non lo ammetterei mai. Dominic mi piace molto di più ora che è fidanzato con Eve.

«Ciao, Drew» dice Audrey, rimbalzando sulla punta dei piedi. Non so se sia eccitata di vedermi oppure per le notizie di un potenziale film.

«Ehi. Grazie per avermi aiutato con i bambini oggi.»

Lei si strofina il lato del collo, con le guance che diventano rosa. «Tu sei stato grande con loro.»

«Anche tu.»

«Sono lieto che siate qui entrambi per aiutarmi» dice Dominic. «Volevo presentarvi al nuovo medico della clinica, la dottoressa Shields. Sarà qui part-time e, cosa ancora più importante per me, coprirà i turni nel fine settimana. Dottoressa Shields, questi sono Drew e Audrey, due dei nostri più fedeli volontari.»

La guardo stupito. «Roxie?»

«Drew?»

È bella come la ricordavo, lunghi capelli rossi, occhi verdi e un corpo da favola, ora nascosto da una divisa azzurra.

Lei sorride. «Adesso mi chiamano Roxanne. Oppure mi puoi chiamare dottoressa Shields.»

«Buon per te.»

Dominic sorride, con piccole rughe che si formano agli angoli degli occhi azzurri. «Mi sembra di capire che voi due vi siate già conosciuti.»

«Un favoloso fine settimana a Cabo» dice Roxanne con la voce sensuale, guardandomi negli occhi.

La verità è che ero in licenza con alcuni amici della mia unità quando l'ho conosciuta e i miei ricordi sono un po' offuscati. Ricordo che la sua bellezza mi aveva steso e ammetto che forse era colpa del fatto che era passato molto tempo da quando ero stato con una donna, a causa delle missioni. Poi c'era stata tequila, sole e altra tequila.

«Ho un souvenir di sei anni per ricordarti» mi dice.

Sento un colpo al cuore. Per favore, ditemi che non intende un bambino.

Dominic si schiarisce la voce. «Scusatemi, devo andare a verificare una cosa.» Dominic ha scoperto solo di recente di avere una figlia, Nora. Forse è per quello che il mio pensiero è volato a quello.

«Che tipo di souvenir?» chiede Audrey. Probabilmente i suoi pensieri hanno seguito la stessa direzione dei miei.

Roxanne alza una spalla in un gesto indifferente. «Una vecchia t-shirt dell'Esercito. Forse potremmo vederci per un drink, così te la potrei restituire.»

Espiro bruscamente, sollevato. «Puoi tenerla. Sarà meglio che ci mettiamo al lavoro.» Indico ad Audrey di seguirmi. Come prima cosa facciamo sempre il giro delle gabbie dei cani, riempiendo d'acqua le ciotole.

«Eri molto più affascinante a Cabo» dice Roxanne mentre mi allontano. «Che cosa ti è successo?»

La ignoro. Che cosa *non* è successo. Ho perso due buoni amici, soldati sotto il mio comando. Ho visto troppa violenza contro donne e bambini da parte del nemico durante le mie missioni e ho potuto salvarne solo pochi. Papà è morto inaspettatamente. Avevo già perso mia madre quand'ero un adolescente. La gente che amo muore. È difficile mantenere una visione positiva della vita dopo tante perdite.

Riempio la prima ciotola d'acqua, dando una bella grattata dietro le orecchie pendule all'incrocio di labrador e pitbull. È questo il bello dei cani. Non fanno domande.

Audrey riempie la ciotola del cane accanto. «Roxanne sembra gentile.»

«Già.»

«Sembra che tu le piaccia ancora.»

Attieniti al piano. «Storia vecchia. Vuoi andare a fare una corsa domani?»

«Una corsa?» mi chiede come se fosse un concetto estraneo.

«Sì, io corro quindici chilometri ogni mattina per tenermi in forma.» Ho continuato con una versione in scala ridotta dell'allenamento dell'Esercito da quando ho lasciato il servizio.

Lei arriccia il naso in modo adorabile. «Ho cercato di correre un paio di volte, ma non ha funzionato. Tanto sudore e niente endorfine.»

«Tu potresti camminare mentre io corro.»

«Quindi ti guarderei semplicemente diventare sempre più piccolo in lontananza?»

Riempio la ciotola seguente. «Oppure tu potresti andare in bicicletta mentre io corro.»

Lei piega la testa guardandomi. «C'è un motivo speciale per cui mi vuoi vedere correre?»

Maledizione. Questo è il secondo punto del piano e non ce ne sono molti. Il piano sta già fallendo? Potrei doverlo rivedere con il Generale Cupido. No, ce la posso fare. *Cambiare rotta.*

«No, non voglio che guardi. Voglio che lo sperimenti con me.»

«Perché?»

Audrey va a prendere altra acqua al lavandino, quindi non devo guardarla mentre ammetto la verità.

Mi schiarisco la voce. «Perché mi hai invitato a condividere cose della tua vita, come il Club del Libro e fare il volontario qui, quindi ti sto invitando anch'io nella mia vita.»

«Oh, come sei dolce.»

«Correrò io con te» dice Roxanne, unendosi a noi. «Mi sto allenando per il triathlon.»

Audrey si volta, andando verso la gabbia successiva con la ciotola piena.

«Sono quindici chilometri» dico a Roxanne.

Lei sorride. «Perfetto. Possiamo recuperare il tempo perduto. Sei l'unico che conosco in città e non mi dispiacerebbe riallacciare i rapporti.»

«Avevi detto che non ero più affascinante.»

«No, ma c'è qualcosa in te. Cupo e misterioso.»

Audrey sbatte forte una ciotola vuota mentre va verso la gabbia successiva. È gelosa? È un buon segno.

Mi sposto verso Roxie e abbasso la voce. «Per essere chiaro, c'è qualcun altro. Questa corsa sarebbe solo da amici.»

«Chi è la donna fortunata?» chiede Roxanne a voce abbastanza alta perché Audrey la senta. Merda. Non ero ancora pronto a rivelare quell'informazione. C'è un piano in ballo.

«Non la conosci» borbotto.

«Beh, sono sicura che ti vedrò qui regolarmente» dice Roxanne. «Il dottor Russo dice che sei qui tutti i sabati e ci sarò anch'io. Vado a cominciare i controlli sui gatti. Ci vediamo tra un po'.»

«Ci vediamo.»

Appena la porta si chiude alle sue spalle, Audrey si avvicina. «Chi è l'altra donna che ti interessa? Non ti ho visto con nessuna.» Chiaramente ha sentito.

Sei tu, ma ho rovinato tutto.

Cambia discorso.

«Come sta Cinder?» È la sua gatta.

Audrey cambia espressione. «Non sta molto bene. Continua a perdere peso nonostante il cibo speciale. Aspetto il temuto momento in cui il dottor Russo mi dirà che ora di farla dormire per sempre.»

«Mi dispiace.» Audrey spesso si offre di passare un po' di tempo nell'area dei gatti ad accarezzare i randagi. Adora gatti e cani. Non mi sorprenderebbe se amasse tutti gli animali. È talmente una brava persona.

I suoi occhi azzurri diventano umidi. «Grazie. Ha solo nove anni.»

«È questa la cosa difficile degli animali domestici. Non vivono molto a lungo.»

Lei riempie altre ciotole e anch'io.

Quando finiamo mi volto verso di lei. «Dato che non vuoi venire a correre, che ne dici di guardare la partita di basket dell'Università del Connecticut con me domani? È a mezzogiorno.» La squadra femminile della UConn è di prim'ordine.

Audrey mi fissa a lungo. «Sono io l'altra donna nella tua vita di cui hai parlato a Roxanne? Te lo chiedo perché non hai menzionato nessun'altra e, beh, di solito non facciamo niente solo noi due.»

Studio la sua espressione, cercando l'espressione adorante che mi manca tanto, come se fossi il suo eroe. «Spero di sì.»

Lei resta a bocca aperta. «Pensavo... Avevi detto...»

«Le cose cambiano.»

«Davvero? Come? Quando? Non importa.» Agita le mani in aria, arrossendo. *Sì, ecco quello che mi mancava!* «Penso che mi stia per esplodere la testa. Prima sento che Eve vorrebbe fare un film del mio libro e che, dopo quello, i miei sogni letterari diventeranno quasi sicuramente realtà e adesso vuoi che venga con te perché le cose sono cambiate. Che cos'è cambiato?»

«Ho imparato a conoscerti, credo. Non sei solo l'amica della mia sorellina. È come se fossi la mia migliore amica.»

La sua espressione cambia di nuovo, incupendosi. «Sì, giusto. Qualche giorno fa avevi detto che eravamo amici.»

Le metto una ciocca di capelli dietro l'orecchio, sorpreso di quanto sia morbida. Non l'ho mai toccata in tutti gli anni da quando la conosco. Il suo respiro accelera, gli occhi azzurri diventano enormi. «Più che amici, spero.» La mia voce suona roca.

Appare Dominic. «Sto uscendo. Oh, ho interrotto qualcosa? Prendo solo i miei documenti e vado. Abbiamo un paio di cuccioli in arrivo a breve. La dottoressa Shields li terrà divisi dagli altri cani finché non avranno un certificato di buona salute.»

«Okay» dice Audrey, con le guance rosse. «Qui va tutto bene. Salutami Nora ed Eve. Nora è stata grande a karate stamattina.»

Lui sorride. «Bello. Le saluterò.»

Quando se ne va, Audrey mi guarda curiosamente. Come se stesse aspettando che faccia una mossa. Non posso farlo finché non avrò ammesso quello che ho fatto e non posso farlo finché non sarò sicuro che non mi escluderà immediatamente dalla sua vita.

«Credo sia meglio che torniamo al lavoro» dice, con la voce che si alza come se fosse una domanda. «Cioè, voglio dire, i cani stanno aspettando il loro pasto.»

La guardo negli occhi, lottando contro l'impulso di prenderla tra le braccia. «Sì.»

Andiamo insieme verso i contenitori del cibo. Qualche momento dopo mi dice: «Che cosa si indossa a una partita di basket?».

Sorrido. «È alla Tv, quindi quello che vuoi.»

«Oh, sarà a casa tua.» Si liscia i capelli. «Non sono mai stata a casa tua.»

«È solo una casa.»

«Mmm-mmm, carino.» Si precipita fuori dalla porta sul retro. Riesco a vederla attraverso il vetro della porta, che scrive furiosamente un messaggio sul telefono.

Sembra contenta di venire a casa mia. È un segno eccellente. Aspetterò fino all'intervallo per dirle che cos'ho fatto col suo libro, quando avrà mangiato qualche snack e bevuto un po' del suo pinot grigio preferito. So esattamente che tipo di vino ordinare perché ordina sempre la stessa cosa al bar. È prevedibile. È una cosa che mi piace in una persona.

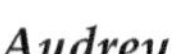

Audrey

Ho convocato una riunione d'emergenza a casa mia con Sydney, Jenna e Harper. Sono figlia unica, anche se sono stata abbastanza fortunata da crescere con tre amiche che per me sono ancora come sorelle. Sydney e Jenna vivono a Summerdale. Harper è una famosa attrice, vive a Brooklyn e torna in città con suo marito e le figlie per visitare noi e la nonna che l'ha cresciuta, il Generale Joan. Da quel punto di vista sono stata veramente fortunata, ma non così in amore. Spero che la situazione stia cambiando, ma comincio ad avere forti dubbi.

Siamo sul divano a mangiare i famosi brownie al doppio caramello di Jenna. Sydney è la sorella minore di Drew, quindi sa come funziona il suo cervello. Jenna è bravissima a darci un taglio con le puttanate e dice le cose come stanno. Harper è sempre diplomatica, ma essendo un'attrice capisce il comportamento della gente meglio di chiunque conosca. Con questo gruppo non posso sbagliare.

«Allora, che cosa indosserai per questo appuntamento tanto atteso?» mi chiede Harper. È in viva voce perché non era riuscita a venire all'ultimo momento, dato che era sul set.

Sydney e Jenna mi guardano, aspettando la mia risposta, con gli occhi che scintillano. Sono eccitate per me ma sto trovando difficile superare tutte le volte in cui mi sono aperta con Drew solo per fargli erigere un muro tra di noi.

Faccio un respiro profondo. «In effetti non so se ci andrò.» Segue immediatamente un coro di proteste.

«Che cosa?»

«Perché?»

«Ci devi andare!»

Agito le braccia. «Non so che cos'è cambiato o come è cambiato tra di noi. Una settimana fa mi ha invitato per il Grande Discorso, che ha concluso dicendomi che eravamo amici. Adesso mi dice che spera che saremo più che amici. Trovo difficile credere che questa volta sia vero.»

«Drew *è* un maschio alfa completamente sprovveduto.» Jenna lo dice da sempre. Prende un pezzetto di brownie e se lo mette in bocca. Ha un metabolismo eccezionale che le permette di mangiare qualunque cosa restando snella. La mia voglia di cioccolato ha sempre interferito con il mio desiderio di restare magra. Ah-ah.

«Non è completamente sprovveduto» dico in sua difesa, come faccio sempre. «A volte mi sorprende con la sua sincerità e dovreste vederlo con i ragazzini nella sua classe di karate. Lo adorano.»

Parla Harper. «Forse gli ci è voluta una settimana per rendersi conto che vuole essere più che amici. Gli uomini possono essere lenti quando si tratta delle emozioni.»

Mi chino verso il telefono, appoggiato al tavolino. «Ma che cosa l'ha ispirato? Non riesco a pensare a niente che io possa aver fatto in modo diverso.»

«L'hai aiutato con la classe di karate dei bambini» dice Sydney, accarezzandosi la pancia. È incinta di due gemelli omozigoti. «Forse ti ha visto come la futura madre dei suoi figli dato che sei così brava con i bambini.»

A quel pensiero il mio cuore accelera, ma poi torno con i piedi per terra. «È un bel salto dall'essere amici. Non sono nemmeno sicura che questo sia un appuntamento.»

«Certo che è un appuntamento» dice Sydney. «Non ti ha mai invitata a casa sua, e non ho mai nemmeno visto una donna da lui.»

Sembra promettente. Questo invito nel suo sancta sanctorum potrebbe significare che sono speciale per lui.

«Sarete solo voi due» dice Jenna, togliendosi i capelli biondi dalla faccia. Li sta facendo crescere, dopo averli sempre tenuti corti. «Quindi ogni donna ragionevole concluderebbe che è un appuntamento.»

«Sono d'accordo. È decisamente un appuntamento» dice Harper. «Motivo per cui voglio sapere che cosa indosserai. Passo alla videochiamata in modo da controllare il tuo armadio.»

«Sì!» esclama Jenna. «Vediamo qual è il vestito più da sgualdrina che ha.»

Jenna e Sydney balzano in piedi e si dirigono verso la camera. Prendo il telefono e le seguo. Harper richiama qualche momento dopo e passiamo alla videochiamata.

Jenna apre il mio armadio e spinge immediatamente di lato i miei abiti da lavoro. «Niente con il colletto alla Peter Pan e decisamente niente pantaloni con le pince.»

Mi siedo sul letto, osservando Jenna che fruga nel mio guardaroba mentre Sydney controlla i cassetti.

«Qui non vedo niente oltre alla tua faccia disperata» mi dice Harper. «Non vuoi veramente andare e vedere a che cosa può portare?»

«E se non portasse a niente? Non posso continuare a sperare in eterno.»

«Allora stai tranquilla e lascia che prenda lui l'iniziativa. Deve aprirsi se vuole conquistare la donna meravigliosa che sei.»

Mi raddrizzo. «Mi sembra un piano fattibile. Lasciamo che sia lui a dichiarare i suoi sentimenti. Grazie, Harper.»

«Non dichiarerà i suoi sentimenti» dice Sydney. «Ci proverà con te.»

«Ed è praticamente la stessa cosa» dice Jenna.

La mia mente vola a Drew che mi metteva una ciocca di capelli dietro l'orecchio, la sua voce roca, gli occhi fissi nei miei. A quel ricordo sento le farfalle nello stomaco. Mi piacerebbe sperimentare qualche altra mossa da parte sua.

«Puntami verso il guardaroba» dice Harper.

Giro il telefono verso il guardaroba dove Jenna sta sollevando un morbido maglione nero, chiedendomi: «Questo mette in evidenza le tue tette?».

«Immagino di sì?»

Sydney si avvicina, con un paio dei miei jeans da far vedere ad Harper. «Mettilo con questi jeans.»

«Oh, sì» dice Harper. «Quei jeans sembrano carini e aderenti. Puntami verso le scarpe.»

Le mostro le scarpe allineate in fondo al mio guardaroba.

Non c'è una grande scelta. Sono due paia di ballerine in nero e beige, décolleté classiche nere e un paio di stivaletti alla caviglia con il tacco per quando mi serve un piccolo aiuto per l'altezza. Sono piccola, solo un metro e cinquantacinque.

«Dovrà mettersi gli stivali» dice Harper.

«Hai decisamente bisogno di scarpe più sexy» commenta Jenna. «Qualcosa con il cinturino, sono più divertenti.»

«È una partita di basket in TV» dico. «Non è il caso che mi presenti con un abitino nero e i tacchi a spillo.»

Sydney mi prende il telefono. «Forza, Aud, prova questa roba. Sai da quanto aspettiamo questo giorno?»

«Da sempre?» Mi tolgo la camicia di cotone e metto il maglioncino.

«Esattamente. Questa volta ho una bella sensazione.»

Ho il sangue che scorre veloce nelle vene, l'adrenalina in circolo. Mi dico di darmi una calmata. Harper ha ragione, devo restare tranquilla. È la mia unica difesa. Mi tolgo i vecchi jeans comodi e indosso quelli aderenti. Mi stringono in tutti i punti giusti restando comodi, grazie al tessuto leggermente elastico.

Jenna mi mette accanto gli stivaletti con il tacco alto. «I tacchi renderanno più facile il primo bacio. Non dovrà farsi male alla schiena per chinarsi verso di te.»

Le mie amiche scoppiano a ridere.

«Ah-ah.» Ho la faccia rossa mentre mi siedo sul letto e infilo gli stivali. La speranza si sta insinuando lentamente nel mio cuore. Sta veramente succedendo. Un primo appuntamento con l'uomo che amo da quando riesca a ricordare.

Mi alzo. «Okay, che ne pensate?»

Jenna mi indica di girarmi. Faccio una lenta piroetta.

«Carina» dice Harper.

«Questo è l'abbigliamento giusto» aggiunge Sydney.

«Io me la farei» dice Jenna, facendo ridere tutte.

Mi afferro nervosamente le mani mentre i nervi tornano a fior di pelle. Non riesco a resistere, devo sapere se le cose sono veramente cambiate tra di noi, ma se mi respingesse di nuovo? Ce la farei se dovessi scoprire che vuole veramente che torniamo a essere amici? Posso sopportare il crepacuore solo fino a un certo punto.

Sydney mi solleva i capelli e me li tiene sopra la testa. «Che ne pensate, signore? Sciolti o raccolti?»

«Sciolti» dice Harper. «Dio, vorrei che i miei capelli fossero diritti come i tuoi.»

«E io ho sempre desiderato che i miei fossero ricci come i tuoi» dico.

«A me i miei capelli sono sempre piaciuti così come sono» dice Sydney. «Perché volere quello che non potremo mai avere?»

E questa non è forse la domanda con cui lotto da sempre con Drew? Forse questa volta posso avere tutto ciò che ho sempre voluto. C'è solo un modo per scoprirlo.

4
___

Audrey

Il giorno dopo cammino sul marciapiede davanti alla casa di Drew con le gambe che tremano, il cuore che batte forte. Mi sono detta di calmarmi ma è impossibile, adesso che sono qui. I miei sentimenti sono profondi e non riesco a mettermi una maschera. Ma sapete una cosa? Lascerò che si faccia avanti lui. Mi ha invitato; può dimostrarmi che vuole veramente essere più che amici. Ha detto che era ciò che sperava, con una voce sexy che mi ha fatto venire i brividi. Lo prenderò in parola. Dopotutto non mi aveva mai invitato prima.

Suono il campanello nella casa in stile ranch alla fine della strada stretta dove vive suo fratello Adam. Dev'essere bello avere un fratello vicino. Io ho preso in affitto un appartamento al secondo piano di una casa che è stata convertita in appartamenti.

La porta si spalanca un momento dopo. Drew sorride, guardandomi con gli occhi scuri. «Ciao, entra.»

Ho la bocca secca. Entro a casa sua e mi guardo intorno. Wow. Parliamo di un ambiente austero. Le pareti sono bianche, senza decorazioni. Pavimenti di legno senza tappeti. Ci sono solo un divano di pelle nera, un tavolino e una TV montata sulla parete.

«Vieni, dammi la giacca» dice aiutandomi a togliermi il piumino leggero.

«Grazie.»

Che buone maniere! Un paio di anni fa, quando avevo rinunciato a ogni speranza per lui, avevo tentato la via degli appuntamenti online. Dopo tanti primi appuntamenti orribili, la lista delle cose che cercavo in un uomo si era ridotta a due voci: buone maniere e passione per la lettura. Drew risponde ai requisiti! Sorpresa. Anche se ha cominciato a leggere solo di recente, più che altro storie militari e qualunque cosa stiamo leggendo al Club del Libro. Sapeva della mia lista? Potrebbe aver sentito che ne parlavo con le mie amiche all'Horseman Inn. C'è spesso durante la Serata delle Donne, a guardare la partita all'altro capo del bar.

Drew appende la mia giacca in un armadio vicino. «Siediti, mentre prendo gli snack.»

«Hai bisogno di aiuto?»

«No, ci penso io.»

Prende il telecomando dal tavolino e accende la TV su un canale locale dove danno la partita. Mi guardo intorno. È molto pulito. Non c'è polvere né disordine da nessuna parte. Immagino che sia più facile tenere tutto pulito quando non c'è praticamente niente.

Drew torna un momento dopo con una grande ciotola di popcorn e un vassoio di biscotti con le gocce di cioccolato. Spalanco gli occhi. I miei due snack preferiti!

«Hai chiesto a Sydney che cosa mi piace?»

«No, ricordavo che erano i tuoi snack preferiti quando venivi a casa nostra. E avevi detto che una volta che una cosa ti piaceva, ti sarebbe piaciuta per sempre.»

«Grazie! Piacciono anche a te?»

«Mangerò i popcorn. Evito lo zucchero, ma tu puoi sempre goderti i biscotti, vengono dal Summerdale Sweets.» È la pasticceria di Jenna.

Sorrido. «Favoloso!»

Drew appoggia gli snack sul tavolino e torna in cucina. Do un morso a un biscotto. Buoni da morire! Faccio una fotografia agli snack e mando un messaggio di gruppo a Sydney, Jenna e Harper.

Jenna: *Ho fatto io i biscotti quindi lo sapevo già. Bella mossa con i popcorn.*

Invio in fretta l'emoji di un faccino sorridente e appoggio il telefono quando Drew torna con un bicchiere di vino bianco per me e una birra per sé.

«È il mio pinot grigio preferito?» chiedo.

«Dimmelo tu.»

Si siede sul divano, un po' più lontano di quanto pensassi. È un appuntamento, giusto?

Bevo un sorso di vino, ed è il mio preferito. «Sì sospetto che tu sia il motivo per cui questo pinot grigio continua ad apparire alle feste cui partecipo.»

Drew sorride. «Beccato!»

Mi fa ridere. Prima, quando mi portava un bicchiere di vino a queste feste, diceva sempre di averlo "trovato" in cucina, anche se io non lo trovavo mai. Un gesto dolce e avevo sempre pensato che ci fosse dietro lui. Si è sempre preso cura di me, assicurandosi che fossi a mio agio. Per così tanto tempo ho pensato che fosse perché mi aveva inquadrato nella categoria "sorellina", ma ora non ne sono più così sicura.

Beve un sorso di birra. «Di solito guardi il basket?»

Afferro una manciata di popcorn. «No. Non guardo nessun tipo di sport.»

«Ti perdi un sacco di cose. Io guardo gli sport tutto l'anno: basket, baseball, football. Guardo perfino il calcio se non c'è altro.»

«Io guardo commedie romantiche e drammi.»

Lui annuisce e prende dei popcorn. «La partita sta per cominciare. Fammi sapere se hai delle domande.»

Le squadre entrano in campo e sono sorpresa di vedere che è la squadra femminile dell'Università del Connecticut. Non sapevo che gli uomini guardassero gli sport femminili. Fico!

«Non sapevo che guardassi il basket femminile. Aspetta.

Non è per vederle con i pantaloncini corti, vero?» Le poche volte in cui ho guardato il nuoto durante le olimpiadi era per ammirare gli uomini nei loro costumini attillati. Ehi, sono solo umana.

Lui mastica e deglutisce. «Sono la prima squadra di college nel paese. Certo che le guardo. Sono giocatrici veramente competitive e hanno un grande allenatore. Shh, sta cominciando.»

Arriccio le labbra. Non si parla durante la partita? Non è molto romantico. Sorseggio il vino e mangio i popcorn, per metà guardando donne alte e atletiche correre su e già in campo e per metà guardando Drew per capire se sta notando che ci sono. No. È incollato allo schermo.

Appoggio il bicchiere di vino sul tavolino, con la frustrazione che aumenta. Non posso farne a meno. Praticamente mi sta ignorando! Dopo tutte le volte in cui mi ha delusa, sto sinceramente prendendo in considerazione di andarmene.

Fingendo indifferenza, prendo il telefono dal tavolino e mando un messaggio di gruppo.

Io: *Mi ha invitata qui per guardare la partita in silenzio. Sto pensando di andarmene.*

Sydney: *Non andartene. I miei fratelli sono fanatici dello sport. Roba seria per loro. Solo essere stata invitata è un grande complimento.*

Jenna: *Sono d'accordo.*

Harper: *È troppo presto per scappare. Aspetta di vedere come vanno le cose.*

Guardo Drew facendo una smorfia.

Lui mi guarda. «Va tutto bene?»

«Mmm-mmm.»

«Ti darò qualche informazione sulle giocatrici mentre sono in time-out. Si è infortunata una giocatrice dell'altra squadra.»

Lo ascolto mentre mi dice i cognomi delle giocatrici e i loro punti forti. Non so come rispondere, quindi mi limito ad annuire e sorridere. Poi penso a quando ho invitato la prima volta Drew al Club del Libro. Avevamo discusso di una donna che era fiorita tardi nella sua vita, un argomento molto lontano dalle storie militari che piacevano a Drew, e aveva praticamente solo ascoltato per tutto il tempo. Il suo unico commento era stato che era "diverso". Immagino che fosse fuori dal suo elemento proprio come me adesso. A quel tempo ero solo entusiasta di coinvolgerlo nell'attività della comunità.

Anche se, ora che ci penso, l'ho visto nei comitati cittadini a cui partecipo, come il Festival d'Inverno e la regata estiva. Partecipa all'attività dei comitati per starmi vicino? Ha comprato in segreto il pinot grigio a ogni festa a cui ho partecipato. Forse i segnali c'erano, ma discreti. Si adatterebbe al suo profilo militare. Dovrei fargli sapere che preferirei che fosse un po' più ovvio?

No, mi rifiuto di espormi di nuovo. Questa volta dev'essere lui a prendere l'iniziativa.

«Domande?» mi chiede. «Ti ho dato un mucchio di informazioni.»

«No. Immagino che, dato che le giocatrici si laureano dopo quattro anni, dovrai tenerti al correnti delle nuove arrivate.»

«Sì, dipende tutto da un buon team di allenatori e da un programma di reclutamento stellare.» Si volta verso la Tv. «Sta cominciando.»

Mangio un po' di popcorn e fisso lo schermo, solo per educazione. Mi sta invitando nella sua vita. Splendido. Se vivessimo insieme, questo sarebbe il tipo di cosa che faremmo durante i fine settimana. È sbagliato pensare che preferirei essere in un bel ristorante per il nostro primo appuntamento? Forse potremmo andarci dopo la partita.

Un bicchiere di vino, una grande quantità di popcorn e due biscotti dopo, siamo arrivati all'intervallo. Adesso sono troppo sazia per la cena. Oops. Se ne va la mia idea per l'appuntamento.

«Che ne pensi?» mi chiede Drew.

«È un gioco molto più veloce del baseball.» Vedo spesso Drew che guarda la partita degli Yankees in TV, all'Horseman Inn. Immagino che a volte gli piaccia uscire di casa per guardare lo sport.

Mi sorride. «Sì. Il baseball è decisamente più lento.»

«Dov'è il bagno?»

Lui indica dietro di sé, verso il corridoio. «Prima porta sulla sinistra. Vuoi altro vino? Io non bevo, quindi è tutto tuo.»

«Certo.»

Vado in corridoio. Ci sono due camere sulla destra e una appena dopo il bagno. Guardo in quella davanti al bagno. È piena di attrezzature da palestra e pesi. Non so nemmeno che cosa sia la metà di quella roba.

Volto la testa verso il soggiorno. Drew è ancora in cucina. Sto morendo di curiosità. La stanza seguente è la sua, altrettanto austera. C'è un letto a piattaforma, di legno chiaro, comodini abbinati e, davanti, una cassettiera con uno specchio montato sopra. Dallo spigolo dello specchio pendono le piastrine nere. Non le ho mai viste. Gli piace il promemoria dei suoi giorni di Ranger dell'Esercito?

Mi volto e mi trovo a faccia a faccia con Drew. Ansimo, portandomi la mano alla gola. Si muove come un ninja.

«Che cosa stai facendo?» mi chiede.

«Mi dispiace. Stavo facendo la ficcanaso. Ho fatto un piccolo giro.»

«Te lo avrei fatto fare io se l'avessi chiesto. Non c'è molto da vedere.»

«Tieni le stanze piuttosto vuote.» Rischio un'occhiata alla terza camera sopra la sua spalla, dove c'è una tastiera elettronica. «Suoni il piano?»

«Sto imparando da solo.»

«Fico.»

Drew scruta la mia espressione. «C'è altro che vuoi sapere?»

«Ho visto le piastrine. Come mai non le porti?»

«Non sono fatte per essere portate quando si è un civile. Quando ero in servizio attivo le portavo nello stivale nel caso in cui mi vaporizzassero.»

Mi sbatto una mano sulla bocca. *Vaporizzato?* Sapevo che faceva un lavoro pericoloso oltremare ma non ho mai pensato che avrebbe potuto cessare di esistere. A volte lo immaginavo ferito e poi lo avrei curato fino a guarigione completa. Stupide fantasie di un'adolescente infatuata.

«Drew, mi dispiace di averne parlato. È terribile.»

«È okay. Sono vivo e sto bene. Pronta a tornare in soggiorno? Volevo parlare con te durante l'intervallo.»

«Sì. Okay, aspetta. Ho ancora bisogno di usare il bagno.»

Finito in bagno, ho un disperato bisogno di messaggiare con le mie amiche. Di colpo sono nervosa. Ha detto che sperava di diventare più che amici. Questa conversazione è il suo modo di fare una mossa? Non voglio essere nuovamente delusa. Sfortunatamente il mio telefono è sul tavolino, quindi faccio un respiro profondo e torno in soggiorno.

Lui alza gli occhi e mi rivolge un sorriso tirato.

È nervoso quanto me?

Mi siedo accanto a lui.

Si schiarisce la voce. «È una bella notizia che Eve voglia trasformare il tuo libro in un film.»

«Sì, è così. Non ho ancora sentito niente al riguardo, se è quello che ti stai chiedendo.»

I suoi occhi castani fissano i miei e si avvicina, abbastanza per un bacio. Mi manca il fiato e sento una vampata di calore. È da tanto che sogno questo momento.

«E, sai, io voglio solo che tu sia felice. Voglio che tu abbia tutto quello che sogni.»

Allora baciami.

Mi chino verso di lui. Il suo profumo mi inonda, sono stordita dal desiderio. «Grazie, è quello che voglio anche per te.»

«E io pensavo che la versione che ho letto del tuo libro fosse splendida.»

Mi chino ancora più vicina, con il cuore che mi rimbomba nelle orecchie.

Lui si tira indietro. «Che cosa stai facendo?»

«Questo è un appuntamento, giusto?»

«Vuoi che sia un appuntamento?»

È sempre elusivo. Di che cosa si tratta?

«Sì» dico. «Intendo dire, non avrei scelto di guardare una

partita per un appuntamento, ma se è quello che vuoi, a me sta bene.»

Lui si passa una mano sulla faccia. «Sei talmente una brava persona.»

«Intendi una buona amica?»

«Sì, e di più, ma...»

Mi fiondo in avanti per un bacio, ma Drew si scosta in fretta e balza in piedi. Succede così in fretta che mi sembra di aver ricevuto un colpo di frusta. Dentro di me lottano frustrazione e imbarazzo. E poi sento gli occhi scottare per le lacrime, mi sento ferita fino in fondo. «Non vuoi baciarmi?»

«Non posso.»

«Perché no?» Risucchio il fiato. «Perché sei in piedi? Te ne stai andando? È casa tua. Vado via io.»

Drew si siede accanto a me. «Non andare. Non posso baciarti finché non ti avrò spiegato che cos'ho fatto.»

«Che cos'hai fatto?»

«Innanzitutto voglio essere sicuro che non mi tratterai con freddezza per i prossimi due anni per questa cosa.»

«Quando ti ho trattato con freddezza?»

«Dai, lo sai. Dopo avermi detto che eri innamorata di me e ti ho detto che era una cotta infantile. Non mi conoscevi nemmeno. Ora mi conosci e spero che significherà che non mi serberai rancore.»

«Rancore» ripeto. Non mi piace come suona. «Allora avevi considerato non importanti i miei sentimenti quando ti avevo aperto il mio cuore e, non so come, è un mio problema perché serbo rancore?»

«Sì. Ed è per quello che voglio che mi prometta di non tenermi il muso anche questa volta.»

Sbuffo. «Sai, Drew, tutte le volte in cui mi permetto di avvicinarmi a te finisce con la mia umiliazione.» Mi alzo. «No, grazie. Passo. Ti ringrazio per gli snack e la partita. Adesso vado.» Prendo il telefono e lo ficco nella borsa.

«Quando ti ho umiliata?» mi chiede Drew, sinceramente perplesso.

Apro l'armadio, afferro il piumino e infilo le braccia nelle maniche. «Sai, Jenna dice che sei un maschio alfa sprovveduto e ti ho sempre difeso, ma il fatto che debba spiegarti tutte le volte in cui ti sei comportato come se i miei sentimenti non significassero niente è di per sé un'altra umiliazione, perché non sapevi nemmeno che stavo condividendo sentimenti sinceri fin dall'inizio!»

Apro la porta, sperando che mi fermi con una dichiarazione accorata dei suoi sentimenti. Niente.

Basta! È finita!

Esco dalla porta e dalla vita di Drew, per sempre.

5

____

Drew

Lunedì vado presto in biblioteca per la riunione del comitato della Sagra di Primavera perché è ora di riorganizzarmi. Il Generale Cupido deve darsi da fare perché sono solo a metà di quello che ritenevo un piano a prova di bomba ed è già un fallimento. A quanto pare, Audrey è ancora ferita per una serie di umiliazioni di cui non avevo la minima idea. Come faccio a dirle che il suo libro è morto per causa mia quando è già sconvolta per cose che non sapevo nemmeno di aver fatto?

Almeno so che il Generale Cupido è dalla mia parte. Spero che sarà discreta.

Entro e vedo subito Audrey al bancone circolare, che sta pulendo. Alzo la mano per salutarla e lei fa una smorfia voltandomi le spalle. Respiro profondamente e mi dirigo verso il loft dove c'è il Generale con Nicholas nella sala riunioni con le pareti di vetro. Nicholas è il proprietario del Summerdale Mart e ha una straordinaria somiglianza con Babbo Natale. La maggior parte dei bambini in città credo che sia lui Babbo Natale, anche se Nicholas ha sempre detto di essere solo l'aiutante. Io non ho mai creduto a Babbo Natale. Ci sono troppi buchi in quella storia.

Apro la porta.

«Ciao, Drew!» dice il Generale Cupido. «Vieni e raccontami come sta andando il nostro piccolo piano.»

«Che cosa stai combinando, Joan?» chiede Nicholas. «Stai nuovamente facendo la paraninfa?»

«È il mio nuovo hobby. Adesso non ascoltare. Drew e io abbiamo parecchio da discutere.»

Tiro una sedia vicino a lei e mi chino vicino. «Sta andando malissimo. Ho eseguito i passi da uno a tre in modo perfetto, beh, quasi perfetto, non è scappata, ma adesso è furiosa con me per alcune volte in passato in cui l'ho umiliata, cosa di cui non avevo la minima idea.»

Il Generale sembra perplesso. E anch'io.

«Giuro che non l'ho mai umiliata» dico. «Non lo farei mai.»

«Certo che non lo faresti.»

«Non ha voluto spiegarsi. Ha detto che era furiosa perché non sapevo che cosa avessi fatto.»

«Ah, un classico» dice Nicholas. «Se deve spiegarlo, tu non capiresti.»

«Fatti gli affari tuoi» sbotta il Generale.

Nicholas alza le mani. «Stavo solo cercando di aiutare.»

«Va tutto bene» dico.

Il Generale Cupido mi dà un colpetto sulla mano. «Non agitarti. Adesso dammi un po' di contesto. Che cosa l'ha fatta esplodere?»

Mi frugo nella mente. «Qualcosa circa il fatto che tutte le volte in cui si permette di avvicinarsi a me finisce per restare umiliata.»

«Quando ha cercato di avvicinarsi a te?»

«Solo una volta, ma si sbagliava.» *Cotta infantile.* «Aspetti, c'è stata un'altra volta, ma era ubriaca. Non può incolparmi per quella.» Audrey mi aveva sbalordito, arrivando a una festa senza mutandine e rialzandosi lentamente il suo vestito sexy. Era stato in quel momento che erano cominciati i guai veri per me. Di colpo mi ero reso conto di quanto volessi mettere le mani sulla brava ragazza della porta accanto e farle cose molto, molto sporche.

Il Generale unisce le mani sul tavolo. «È una situazione difficile, Drew. Penso che dovrai solo continuare con il piano. È l'unico modo per ottenere la sua fiducia abbastanza da scoprire che cosa la sta veramente turbando.»

E poi colpirla con la parte peggiore di tutto? Sento l'acido invadermi lo stomaco. Sembra veramente brutto.

In quel momento entra Eve. Assomiglia a sua sorella Jenna, entrambe alte e bionde. «Salve a tutti! Ho pensato di offrirmi volontaria, visto che sono qui in permanenza. So che Jenna di solito fa parte di parecchi comitati, ma con il bambino e il lavoro non ne ha più semplicemente il tempo.»

«Ciao, Eve» dico.

«È bello vederti» dice il Generale. «E sono così contenta che i miei sforzi per mettere insieme te e Dominic abbiano avuto successo.»

«Molto successo» dice Eve con un brillante sorriso. Si siede accanto a me.

Visto? Il Generale Cupido aiuta veramente la gente a mettersi insieme. Sono io l'eccezione alla regola?

«Eccola che arriva, Drew» dice il Generale. «Sorridi di più. Aiuterebbe veramente.»

Mi volto e sorrido mentre Audrey entra. Non mi guarda nemmeno. Come faccio a essere in castigo prima ancora di averle dato la cattiva notizia?

Riporto la sedia al suo posto. Audrey si siede accanto a Nicholas, davanti a me.

«Tante delle tue amiche hanno avuto dei bambini quest'anno» dice il Generale ad Audrey. «Devi essere contentissima.»

Audrey fa un sorrisino nervoso. «Già, proprio tutte.»

«Forse ti unirai presto a loro» dice il Generale.

Audrey mi lancia un'occhiata veloce prima di distogliere in fretta lo sguardo. «Vedremo.»

Sta pensando a me come al padre di suo figlio? A me non dispiacerebbe avere dei figli miei. Sono bravo con loro, perfino con quelli piccoli come mio nipote Theo. Sono solo dei piccoli umani. Il segreto è parlare con loro come se fossero adulti, in modo che si sentano ascoltati e rispettati. Non è il caso di parlare loro con quello stupido linguaggio infantile.

«Discreta» dice Eve al Generale.

Il Generale indica Audrey. «È un fatto ben noto che sono anni che vorrebbe sistemarsi con una famiglia sua. Le sue amiche non erano molto interessate e poi, una dopo l'altra, boom! Matrimonio, bambino, matrimonio, bambino, matrimonio, lungo periodo di luna di miele, bambino. A seconda della persona.»

«Succederà quando è il momento giusto» dice Eve, sorridendo ad Audrey.

«Esattamente» dice cupamente Audrey. «Sono felice per le mie amiche. E se non succede subito, va bene, perché sarò troppo occupata con la mia nuova carriera di scrittrice per avere un legame.»

«Ho una riunione con Claire Jordan la settimana prossima» dice Eve. «Se è interessata, organizzerò un incontro per te.»

«Splendido» dice Audrey. «Appena saprò come va, comincerò a mandare il mio libro, il mio unico bambino, agli agenti letterari. È ora.»

Mi irrigidisco. Eve mi dà un'occhiata. *Sa che ho già mandato in giro il libro di Audrey?*

Proprio in quel momento entra il sindaco Levi seguito dalla signora Peabody, la direttrice della scuola materna presbiteriana, e la riunione ha inizio.

«Ho portato la documentazione delle Sagre di Primavera del passato» dice Levi. È sulla trentina e si sta facendo crescere la barba. «Quest'anno non sarò qui a supervisionare. Da lunedì, frequenterò un corso di cinematografia in Città. In mia assenza, la coordinatrice sarà la signora Ellis. Bello vedervi tutti.»

Lascia al Generale la sua pila di carte e si dirige alla porta, fischiettando. È il sindaco da parecchi anni oramai, non ha mai avuto oppositori e probabilmente è pronto per qualcosa di più eccitante.

Osservo Audrey mentre ascolta attentamente il Generale con un'espressione piacevole sul bel viso. Finge sempre di essere tranquilla mentre sta segretamente ribollendo? È l'unica cosa che riesco a pensare per giustificare il fatto che fosse furiosa con me per le passaste trasgressioni, senza che io lo sapessi. Non sono così sprovveduto. So quando qualcuno è arrabbiato con me.

La mia mente va ai momenti con Audrey, cercando di capire che cosa potrebbe averla sconvolta. La vedo regolarmente in biblioteca, dove prendo in prestito i libri di storia militare, all'Horseman Inn e adesso anche al rifugio per animali. Per quanto ricordi, è sempre sorridente. Riuscirò a risolvere questo caso.

Sento il mio nome e presto attenzione. «Cosa?»

Il Generale mi dà un'occhiata esasperata. «Ho detto che tu e Audrey sarete incaricati del marketing e della promozione della sagra.»

Guardo Audrey per capire se è d'accordo. Ha di nuovo quell'espressione piacevole.

«Io mi offro volontaria per contattare i fornitori di cibo» dice Eve.

«Ti aiuterò io» dice Nicholas.

Il Generale assegna la signora Peabody ai giochi per i bambini e dice che contatterà personalmente gli altri fornitori. «Okay, mettiamoci al lavoro. Ci rivedremo lunedì prossimo.»

Eve saluta e se ne va. La seguo nell'atrio della biblioteca al piano di sotto.

«Ehi, hai un minuto?» le chiedo.

«Certo.»

«Quali sono le probabilità che il libro di Audrey diventi un film?»

«È un tentativo, ma sono speranzosa.»

Abbasso la voce. «Potrebbe esserci un problema.»

«So che cos'hai fatto. Dominic mi ha detto che hai tentato di far avere il libro alla mia agente lo scorso Giorno del

Ringraziamento. Devi veramente dirle che l'hai mandato in giro perché, se la faccenda non funziona con Claire, Audrey cercherà di mandarlo lei agli agenti letterari. Ti hanno risposto?»

Annuisco, con lo stomaco stretto. «Tutti rifiuti.»

«*Diglielo*.» Mi dà un'occhiata severa prima di allontanarsi.

Il Generale appare al mio fianco. «Sembra che da qui in poi te la caverai da solo.» Intende con Audrey.

Audrey è sconvolta e io non so perché. «Ma...»

Il Generale mi dà un colpetto sul braccio. «Sei un vero uomo e i veri uomini sanno come rendersi vulnerabili.»

La fisso, perplesso. Io pensavo che i veri uomini fossero forti. Adesso dovrei essere vulnerabile? Non sono equipaggiato per farlo.

Audrey si unisce a noi e di colpo restiamo da soli. Il Generale se n'è andato.

«Ciao, Aud, ho pensato molto a te.» Il mio cuore sbatte nel vento, vulnerabile come mai. È il mio primo tentativo in questo campo e non mi piace per niente.

Lei osserva la mia espressione. «Non ti capisco. Passi dal caldo al freddo. Non so mai a che punto sono con te. È molto frustrante.»

«Non ti ho mai umiliato intenzionalmente. Sono arrugginito in fatto di relazioni. Veramente arrugginito.»

Lei piega la testa fissandomi. «Quand'è stata la tua ultima relazione?»

La guido verso il bancone circolare per avere più privacy. La biblioteca è chiusa. «Scuola superiore. Non aveva senso provare, quando continuavano a mandarmi in zone di guerra e poi, quando sono venuto a casa, stavo cercando di far decollare la mia attività e, sinceramente, non era un buon periodo.»

E gli incubi mi trasformavano in una macchina da guerra. Mi sono svegliato trovando oggetti rotti nel mio appartamento. È il motivo per cui ho così pochi mobili adesso. Sono stato attento a non passare mai una notte intera con una donna da quando sono tornato, in parte perché mi preoccupa di poterla ferire nello stato di semicoscienza e in parte perché non ho mai legato con nessuno. Cioè, fino ad Audrey.

Lei sospira. «Okay.»

«Allora non sei più arrabbiata?»

«Immagino di no.»

«Ti piacerebbe venire alla cena di famiglia con me domenica sera, a casa di Sydney e Wyatt? Invita anche i tuoi genitori. Se una cosa è importante per te, lo è anche per me.»

Audrey resta a bocca aperta. «Davvero?»

«Sì.»

«Okay, glielo chiederò.»

Sì, le cose sono tornate a posto.

«Bene, ti manderò un messaggio con i particolari.»

Audrey mi rivolge un sorriso incerto. «Okay. E per la sagra di solito facciamo dei volantini e qualcuno prepara un comunicato per la stampa locale. Posso occuparmi io del comunicato stampa. Ti sta bene occuparti dei volantini? Qualcosa di semplice di cui fare copie in colori brillanti da affiggere in giro per la città.»

«Certo.»

«Perfetto.»

Esito, vorrei dire di più. Per esempio che vorrei che lei mi stesse vicino. Non riesco a trovare le parole giuste ma forse non mi servono. Devo guadagnarmi la sua fiducia e la sua vicinanza poco per volta.

Faccio un passo indietro. «Ci sentiremo presto.»

Vado, sentendomi bene. Ho appena rimesso in moto un piano morente. Ho spuntato questa voce dell'elenco.

Audrey

Giovedì vado all'Horseman Inn per la Serata delle Donne. Mi sono mancate. Per un po' le mie amiche erano così esauste con i neonati che non ce la facevano a uscire per una sera. Siamo solo noi tre: Sydney, Jenna e io. Di solito ci sarebbe anche la nostra amica Kayla, ma ha avuto il suo bambino, Benjamin, la settimana scorsa. E l'altra nostra amica, Sloane, dovrebbe partorire tra due settimane. È troppo presa a prepararsi per il bambino e a filmare la puntata conclusiva del suo reality show su come riparare le auto, *The Right Fix*. Ci sono altre donne nella squadra, ma le loro giornate sono piene di lavoro e bambini. Stanno veramente piovendo bambini qui intorno. Sono felice per le mie amiche, e adesso li posso coccolare quando voglio.

Mi piacerebbe avere un bambino mio? Sì. Ma è così da molto tempo. Ho dovuto concentrarmi su qualcosa di diverso, qualcosa su cui riversare tutto il mio amore e la mia energia, ed è stato il mio bambino-libro. Sembra veramente che farà strada.

«Eccola!» esclama Sydney dall'altra parte della stanza. «Porta qua il tuo culetto per lo pseudo Club del Libro.» Questo una volta era il nostro Club del Libro del Giovedì, che avevo fondato io, ma nessuno leggeva il libro, quindi Sydney l'aveva rinominato il Club del Vino del Giovedì. Adesso le mie amiche bevono acqua frizzante, per via della gravidanza o dell'allattamento. Sydney è la proprietaria dell'Horseman Inn, quindi ha fatto scorta di tutti i tipi di acqua frizzante aromatizzata.

Si ferma accanto a me e l'abbraccio. «Come ti senti?»

Lei sorride, con gli occhi marrone chiaro che scintillano. «Benissimo. Il secondo trimestre è una favola. Niente più nausea e non sono ancora enorme.»

«Salveee» dice Jenna dall'altro lato di Sydney, fissandomi a occhi stretti. «Dov'è il mio abbraccio, signorina?»

Salto giù dal mio sgabello e vado ad abbracciare Jenna. I suoi capelli biondi finalmente le arrivano alle spalle. «Ti stanno bene i capelli lunghi.»

«Grazie.»

Sydney si getta i lunghi capelli color Tiziano oltre la spalla. «E io? Ho i capelli più lunghi.»

«Dovresti provare a portarli più corti» dice Jenna con una smorfia. La prende sempre in giro.

Risalgo sul mio sgabello e sorrido a entrambe. «Anche i tuoi capelli sono splendidi.»

Betsy viene a prendere le nostre ordinazioni. Jenna e Sydney scelgono un'acqua frizzante aromatizzata alla ciliegia e io faccio lo stesso. Jenna non è incinta, ma sta allattando.

«Allora, qualche notizia sul fronte Drew?» mi chiede Jenna.

Mi guardo attorno solo per assicurarmi che Drew non sia seduto in silenzio in un angolo, a guardare la partita. Lo fa spesso nella Serata delle Donne. È un'altra delle sue mosse segrete per stare con me? Sto ripensando a tutte le volte in cui ho visto Drew in giro. Prima di poter rispondere, Sydney interrompe i miei pensieri. «Oh, so io le ultime notizie! L'ha invitata alla cena di famiglia di domenica a casa mia.»

«Com'è che io non sono stata invitata alla cena di famiglia?» chiede Jenna. «Ho sposato un Robinson.»

«Eli non te ne ha parlato?»

«No!» Prende il telefono e manda un messaggio a suo marito. I genitori di Drew sono morti, ma sua sorella e i suoi fratelli vivono tutti in città: Sydney, Eli, Adam e Caleb.

Annuisco. «Giusto. Avevate queste divertenti cene di famiglia senza di me, quindi ha voluto includermi. Ha invitato anche i miei genitori.»

Jenna resta a bocca aperta. «I tuoi genitori? Ha intenzione di chiedere loro il permesso di sposarti?»

Spalanco gli occhi.

Sydney resta senza fiato. «Pensi che sia per quello?»

Alzo una mano. «Aspettate, ragazze, non mi ha nemmeno baciata. È un bel salto passare dal punto in cui siamo adesso a parlare di matrimonio.»

«A che punto siete?» chiede Jenna.

Mi cadono le spalle. «Non lo so! Un momento è freddo, poi caloroso. I segnali sono davvero confusi.»

Sydney aggrotta la fronte. «Caloroso? Drew è sempre freddo, calmo, composto. Quando è capitato esattamente che fosse caloroso?»

Agito le mani, con le guance che scottano. «Non lo so. Ad

esempio, a volte si china vicino e sembra che stia sentendo anche lui l'attrazione, o dice qualcosa di dolce, tipo che ha pensato molto a me.»

Mi fissano entrambe, confuse come me.

«Ma non ti bacia» dice Jenna.

«Lo so! Non capisco.» Espiro bruscamente. «Ha detto più di una volta che mi vuole nella sua vita.»

«Come amica» dice Jenna.

«No, ha detto più che un'amica, ricordi?» dice Sydney.

Jenna si china verso di me. «Che cos'è successo esattamente quando ti sei avvicinata per un bacio?»

Sospiro. «Ha detto che non poteva baciarmi finché non mi avesse spiegato che cosa aveva fatto, poi mi ha confuso, comportandosi come se fossi io il motivo per cui non me l'aveva ancora detto, perché porto rancore. Io non porto rancore, vero?»

«Non ci hai mai detto che lui doveva spiegarti una cosa che aveva fatto» dice Sydney.

«Che cosa ha fatto?» chiede Jenna.

Ci penso. Non gli ho dato la possibilità di spiegarsi. Se l'avessi fatto avremmo finalmente avuto il nostro primo bacio?

«Non lo so» dico alla fine. «Me ne sono andata quando ha continuato a ripetere che tengo il muso. Voleva che promettessi che non l'avrei fatto. Mi sono offesa.»

«Dev'essere qualcosa di veramente grosso» dice Sydney. «Di solito Drew è il tipo che taglia la testa al toro e affronta a testa alta le situazioni difficili.»

«Magari deve dirle che le ha comprato una casa» dice Jenna.

Le diamo entrambe un'occhiataccia.

Jenna alza le mani. «Che c'è? È romantico e spiegherebbe la cena di famiglia con i suoi genitori. Sta diventando serio.»

«Drew ha già una casa» dice Sydney. «Perché dovrebbe comprargliene un'altra?»

Jenna mi indica. «La casa dei suoi genitori è in vendita. Forse l'ha comprata come regalo di fidanzamento e alla cena di famiglia le chiederà di sposarlo e le darà la notizia riguardo alla casa.»

Mi porto la mano alla gola. «Lo pensi veramente?»

Sydney è pensierosa. «Drew tiene le emozioni sotto stretto controllo, quindi non lo so. Se c'è qualcuno che potrebbe saperlo quella sei tu, Aud.»

«Ma io non lo so!» esclamo, frustrata oltre ogni dire. «Sono così confusa.»

«Voi due dovete veramente parlarvi.»

«Più parliamo più sono confusa» dico.

«Allora è ora di agire» dice Sydney.

La fisso. «Come?»

Jenna muove i fianchi in modo provocante. «Lascia parlare il tuo corpo.»

«Puah, è mio fratello» dice Sydney a Jenna. Poi si rivolge a me. «Ha ragione.»

«Ma ci siete? Non mi vuole nemmeno baciare!»

Mi rivolgono entrambe un'occhiata compassionevole.

«Avevi chiarito che avevi intenzione di baciarlo?» chiede Jenna. «Tu puoi essere fin troppo discreta.»

Stringo le labbra. «Ricordate la festa di fidanzamento di Skylar e Gage, l'estate scorsa?»

«Ooh!» esclama Jenna, puntandomi addosso il dito. «Finalmente ci dirà che cos'ha fatto in cucina con lui.»

«Drew era esterrefatto. Non l'ho mai visto così sbalordito.»

Continuo con aria cupa. «Ero stanca di essere trattata come una sorellina, quindi gli ho detto che non avevo le mutande e ho sollevato lentamente il vestito per la grande rivelazione... E lui è scappato! Sono stata così umiliata che me ne sono andata subito dopo. Non potevo proprio guardarlo in faccia.»

«Allora non hai visto la sua faccia sbalordita» dice Sydney.

«No, ma che c'entra il fatto che fosse sbalordito? Io volevo che si eccitasse.»

Sydney scuote la testa. «È un duro. Forse dovresti voltare pagina.»

«Ma ha anche tante altre buone qualità» protesto. «È il tipo di uomo su cui puoi contare, che è sempre disponibile per te. Giusto Syd? Hai detto che c'era sempre per te e i tuoi fratelli.»

Sydney sorride e mi dà una stretta al braccio. «Stavo solo controllando.»

«Qualcuno deve dare un indizio a questo maschio alfa sprovveduto» dice Jenna.

«Vediamo che cosa ha progettato per la cena di famiglia» dice Sydney.

«Ho paura di farmi illusioni» ammetto.

«Ora o mai più» dice Jenna. «È ora di far succedere qualcosa o voltare pagina.»

Ho cercato tante volte di voltare pagina. Ho avuto qualche ragazzo, un mucchio di primi appuntamenti, un rapporto serio durato quattro mesi quando ero alle superiori, ma sono sempre tornata a Drew.

Racconto un po' di più di ciò che mi rende perplessa di Drew. «Ragazze, la sua casa sembra una lavagna vuota anche se ci vive da anni. Qualche mobile e nient'altro. Nessuna decorazione, niente colore, niente tappeti.»

«Forse sta aspettando che la sua futura moglie la ravvivi un po'» dice Jenna.

Mi arrotolo i capelli sul dito, desiderando quel futuro eppure temendo che la mia speranza venga nuovamente delusa.

«Oppure non ha talento per l'arredamento» dice Sydney.

Ridiamo.

Jenna china il bicchiere nella mia direzione. «Se non funzionasse con Drew, Eve mi ha informata che i due fratelli minori di Dominic sono sexy da morire. Un po' più giovani di te, ma non fargliene una colpa.»

«Giusto» dico senza molta convinzione.

«Stavo scherzando.»

«Allora che notizie hai riguardo al film?» mi chiede Sydney.

«È ovvio che stiamo vivendo di riflesso la tua vita eccitante» dice Jenna. «Adesso che siamo vecchie donne sposate.»

«Ehi, parla per te» le dice Sydney.

Mi fanno ridere. È la prima volta in cui sono io quella con la vita eccitante. Sono sempre stata invidiosa delle loro vite e loro pensano che sia grandiosa la mia. Racconto loro della riunione della prossima settimana e ciò che ho saputo dalle mie ricerche sulla società di produzione di Claire Jordan. Posso far succedere grandi cose nella mia vita. Sono io l'autrice della mia storia.

Quando vedrò Drew sabato al rifugio per animali, gli chiederò direttamente qual è lo scopo di avermi invitata a una cena di famiglia che include i miei genitori. Basta farmi domande o essere ossessionata. Il momento è arrivato.

6

Drew

Sabato, quando firmo il foglio dei volontari al rifugio per gli animali, noto che sono il primo della giornata. Normalmente Audrey arriva prima di me. Sembra che le cose siano tornate in pista per noi. È tutto a posto per la cena di famiglia di domani sera e ci saranno anche i genitori di Audrey, il signore e la signora Fox. Veramente brava gente. C'è solo un ultimo passo da fare nel mio piano a prova di bomba per riuscire a chiudere l'affare e poi Audrey sarà legata a me e molto più comprensiva su ciò che ho fatto col suo libro. È come quando tra i soldati si crea un legame dopo il campo di adde-stramento.

«Ehi Drew!» dice Roxie, avvicinandosi. «Come va la corsa?»

«Ciao Roxie. Sempre uguale.» Immagino che dovrei chiamarla dottoressa Shields.

«Adesso mi faccio chiamare Roxanne, ricordi? Roxie era la ragazza selvaggia che ho mandato in pensione.» Ammicca. «O forse no?»

Faccio spallucce.

Lei si schiarisce la voce. «Ho due cuccioli che hanno bisogno di fare una passeggiata e di giocare. Sono Terrier

Jack Russel, fratelli della stessa cucciolata. Puoi pensarci tu?»

«Certo.»

Mi indica di seguirla alla grande gabbia che condividono i due cuccioli. «Hanno dieci mesi e sono stati abbandonati dai loro proprietari quando si sono trasferiti.» I cani balzano verso l'entrata della gabbia, ansiosi di uscire. Sono di taglia media con le orecchie a punta, entrambi bianchi con qualche macchia marrone.

«Hanno voglia di giocare» dico.

«Non li hanno abituati alla gente. Dovremo farlo noi prima di darli in adozione.»

Apre la gabbia e aggancia in fretta un guinzaglio a ogni collare. I due cuccioli corrono fuori, annusando il terreno. Roxie mi consegna i guinzagli. «Sono tutti tuoi.»

Afferro i guinzagli. «Come si chiamano?»

«Harry e Truman. Quello con le orecchie nere è Truman.»

Harry Truman era un militare. Uno importante, oltre a essere il nostro presidente. Ho letto la sua biografia. Mi chiedo se questi cani non fossero destinati a me. Sto pensando di adottare un cane. Ultimamente la mia casa sembra così silenziosa e vuota.

«Okay, Harry, Truman, si va a passeggio.» Li guido verso la porta sul retro e loro balzano in avanti. «Aspettate» ordino, tirandoli indietro. Apro la porta continuando a trattenerli. Una volta superata la porta dico: «Okay».

Balzano di nuovo in avanti, senza far caso ai guinzagli che tirano. Hanno bisogno di essere addestrati, ma prima devono scaricare un po' di energia.

Cammino con loro intorno al retro della proprietà e poi corro avanti e indietro con loro. «Forza, tenete il passo!» Sembrano entusiasti.

La Volkswagen rossa di Audrey arriva poco dopo. Saluta e scende dall'auto. «Questi chi sono?»

Vado da lei con i cani. «Ti presento Harry e Truman. Truman è quello con le orecchie nere.»

«Ah, mi piacciono!»

I cani le saltano addosso e ordino loro di sedersi, tirando i guinzagli. Sono forti.

«Dovrei farli stancare e poi hanno veramente bisogno di essere addestrati.» Mi accuccio per chiedere a Harry: «Vero?». Lui mi lecca la guancia. Truman mi annusa l'orecchio e poi lo lecca, facendomi ridere.

«Sembra che a loro tu piaccia» dice Audrey. «E sembra anche che il sentimento sia reciproco. Non sento quella risata da tanto tempo.»

Mi alzo. «Il sentimento è reciproco. Tornerò indietro con te.»

«Mi dispiace, sono un po' in ritardo.»

«Nessun problema.»

«C'era un problema con Cinder. Continuava a miagolare e non riuscivo a capire che cosa volesse. Aveva cibo, acqua e una lettiera pulita. Temo che senta dolore, ma si calmava quando la tenevo in braccio.»

«Peccato non poter parlare con gli animali e scoprirlo.»

«Già. Penso che dovrò portarla per un altro check-up. Comunque non vedo l'ora di partecipare alla cena di famiglia di domenica. Dato che sono l'unica delle mie amiche non sposata a un Robinson, mi sembra di perdermi la festa.»

Io sono un Robinson. Sta accennando al matrimonio? Il mio piano sta funzionando meglio di quanto pensassi.

E a me sta bene.

Mi sento più alto. «Già, lo immagino.» Le apro la porta e Harry e Truman si precipitano dentro per primi.

Guido i cani verso l'acqua prima di portarli in un'area gioco recintata, dove getto parecchie palle da tennis insieme. Le palle rimbalzano dalla recinzione di plastica. Non è un'area molto grande ma almeno non mi devo preoccupare che scappino. È come se fosse un campo da squash per Jack Russel.

Colgo lo sguardo di Audrey. Mi sta osservando. Nascondo un sorriso. Forse, dopotutto non ho bisogno dell'aiuto del Generale Cupido.

Dopo un po' riporto Harry e Truman nella loro gabbia per

dar loro da mangiare. Prima li coccolo entrambi, uno per mano, accarezzando loro il fianco. Le code vanno a mille.

«Vi piace, eh?» chiedo loro. «Va bene. Vediamo di sistemarvi per lo sgranocchio.»

Li rimetto nella gabbia, chiudo la porta e vado a prendere il cibo. Quando torno con le ciotole i cani mi stanno guardando con attenzione.

Faccio scivolare dentro le ciotole di crocchette. «Poi andremo a fare un'altra lenta passeggiata. Non si corre dopo aver mangiato.»

Ci guardiamo negli occhi. Sembra che oggi Audrey non riesca a smettere di osservarmi.

Mi sorride. «Ci sai fare con loro.»

«Sì, sono fantastici.»

«Sembrano giovani.»

«Hanno dieci mesi.»

«Dovresti adottarli e iscriverli al programma di terapia Best Friends Care quando avranno un anno.»

«Pensi che sarebbero buoni cani da terapia? In quel caso non vorrei adottarli perché dovrei restituirli dopo solo due mesi. È a quello che serve l'affido.»

Audrey si avvicina, parlando in tono gentile. «In effetti pensavo che sarebbero stati adatti a te come cani da terapia per il tuo PTSD.»

Irrigidisco le spalle. «Io non ho il PTSD.»

«Mi hai detto che soffri d'insonnia.»

Anche di incubi, ma è normale.

Alzo la testa. «Allora? Ne soffre un sacco di gente.»

«Drew, ho fatto ricerche sul PTSD per il mio libro. Conosco i segni. È probabile sia il motivo per cui sei così chiuso in te stesso.»

«Non sono chiuso in me stesso.»

«Non hai una relazione dalle superiori. Eri un solitario finché non ti ho invitato al Club del Libro e a fare il volontario qui.»

La studio per un momento. Sembra pensare che abbia bisogno di aiuto. «È per questo che mi hai invitato a fare roba che ti piace? Per aiutarmi?» Pensavo che fosse perché era interessata a conoscermi, oltre la cotta infantile. E io che stavo stupidamente saltando alla conclusione che sperasse di sposarmi un giorno. Che stupido.

«Beh, sì» dice dolcemente. «Pensavo che ti avrebbe aiutato.»

Stringo i denti. «Non ho bisogno di aiuto.»

Lei alza le mani. «Era solo un suggerimento.»

Guardo Harry e Truman, che masticano contenti. «Se li adottassi, non sarebbe perché ho bisogno di loro come terapia. Io sto bene.»

«L'addestramento come cani da terapia è solo una scuola avanzata di obbedienza con alcuni comportamenti aggiuntivi. I Jack Russel sono intelligenti. A loro probabilmente l'addestramento piacerebbe. E penso veramente che aiuterebbe anche te.»

Mi volto, incazzato. E io che avevo sempre pensato che Audrey mi vedesse per quello che sono: un imprenditore di successo, un uomo che ha servito onorevolmente il suo paese. No, mi vede solo come un caso pietoso.

Torno a lavorare di pessimo umore, evitando i suoi sorrisi incerti e gli sguardi indagatori di Audrey. Sto bene, non ho bisogno che qualcuno mi aggiusti.

Sydney mi mette la mano sul braccio. Siamo in cucina prima che serva la cena di famiglia. «Sii franco. È tutto quello che ti sto dicendo. La stai confondendo.» Si riferisce ad Audrey.

Fisso la mia sorellina, irritato che stia interferendo. Lei mi fissa senza ritrarsi. Ha i capelli color Tiziano e gli occhi marrone chiaro di nostra madre, ma non ha ereditato la sua dolcezza. Sydney è una dura. Immagino che quando mi ha chiesto di aiutarla a portare i vassoi in sala da pranzo, volesse in realtà solo farmi la predica.

Abbasso la voce. «È lei quella che mi confonde, dicendo

che l'ho umiliata più volte. So di non essere quel tipo di persona.»

«Beh, lei è confusa.»

«Riguardo a che cosa?»

«Ai tuoi sentimenti.»

«L'ho invitata a far parte della mia vita in tutti i modi che conosco. È ovvio che tengo a lei.»

«Allora diglielo.»

Stringo i denti. «Sapevi che sta cercando di "aggiustarmi"? Pensa che io sia triste e solitario.»

«Sei riservato, come Adam.»

«Grazie.»

E pensa che io abbia delle turbe mentali. Un uomo con una seria disabilità, che ha bisogno di un cane da terapia. Addirittura due! Terapia doppia perché sono un caso così penoso. Non riesco a dirlo. Ho prestato servizio e ho lasciato l'Esercito congedandomi con onore. La mia vita è in ordine. Che ne sa Audrey?

Sydney mi agita una mano davanti agli occhi. «Drew?»

«Che c'è?»

«Perché hai quell'espressione minacciosa?»

«Non è vero. Che cosa vuoi che ti aiuti a portare?»

«Puoi prendere il vassoio delle costate?» Lo indica mentre prende tre ciotole di contorni, tenendole perfettamente in equilibrio mentre va verso la sala da pranzo. Faceva la cameriera nel ristorante della nostra famiglia, l'Horseman Inn, e adesso è lei che lo gestisce. Io ero un aiuto cameriere prima di arruolarmi.

Appoggio il vassoio al centro del tavolo e torno in cucina per vedere che cos'altro vuole che porti.

Lei entra in cucina. «Avete bisogno di parlare, chiarirvi.»

Il senso di colpa mi travolge. Quante volte ho cercato di fare quel discorso, nel quale ammetto di aver rovinato le prospettive del libro di Audrey?

«Okay?» dice Sydney, indicandomi di prendere due ciotole di purè di patate.

Prendo le ciotole. «Quando sarà il momento giusto.»

Lei sbuffa e se ne va con una grande ciotola di insalata.

Quando arriviamo in sala da pranzo le chiedo: «C'è qualcos'altro?».

«Solo il pane e il burro, accanto al tostapane» dice Sydney.

«Li prendo io.»

Mi sorride. «Grazie.» È incinta di cinque mesi con due gemelli omozigoti. Finora la gravidanza non l'ha rallentata, ma immagino che dovrebbe riposare finché può.

Dopo aver appoggiato le ultime cose sul tavolo, mi siedo accanto ad Audrey e davanti ai suoi genitori, i signori Fox. Sono entrambi bassi di statura e non mi meraviglia che Audrey sia arrivata solo a un metro e cinquantacinque. Il signor Fox, calvo con gli occhi azzurri, sembra un tipo allegro. La signora Fox assomiglia ad Audrey, con i capelli scuri che le arrivano alle spalle, occhi azzurri e lineamenti simili a quelli di Audrey, guance tonde e mento appuntito.

Stanno tutti parlando e ridendo e il livello di rumore sale rapidamente.

Mio cognato, Wyatt, seduto accanto a me a un capo del lungo tavolo da pranzo, dice a voce alta: «Siamo contenti che siate tutti qui. Buon appetito!».

Mi servo un po' di patate. Wyatt e Sydney sono seduti ai lati opposti del tavolo e ciascuno dei due insiste che è quello il capotavola. La loro bambina di un anno, Quinn, è seduta su un seggiolone accanto a Sydney. Oltre a loro ci sono i miei fratelli minori: Caleb, con la moglie molto incinta, Sloane, ed Eli con sua moglie Jenna. Il piccolo Theo è in grembo a Jenna. Mio fratello Adam è a casa con sua moglie Kayla e il figlioletto neonato, Benjamin.

Già, tutti i miei fratelli minori sono sposati con bambini piccoli o figli in arrivo. Non era destino per me. Pensavo di avere finalmente il mio turno con Audrey ma ora non ne sono così sicuro. Non mi vede come pensavo. E chi sto prendendo in giro con quella merda di *"cerca di avvicinarti e dille che hai spedito il suo libro agli agenti senza il suo permesso"*. Non funzionerà mai. Ho lasciato che le mie emozioni mi annebbiassero la mente, cosa che non faccio mai.

Qualcosa mi atterra sul piede. Guardo sotto il tavolo e vedo i cani di Wyatt e Sydney seduti sotto. Palla di Neve, una shi tzu bianca, ha le zampe anteriori sul mio piede e sembra speranzosa. Le costate di manzo stanno arrivando da questa parte del tavolo. Rexie, una meticcia di pitbull, ha la testa bassa, ma le orecchie tese. Tutti i miei fratelli hanno i cani. Sarebbe bello arrivare a casa da qualcuno che ti saluta alla porta, invece di trovare il silenzio.

Audrey mi dà un'occhiata di sottecchi e sussurra: «Sei arrabbiato con me?».

«No.» *Un po'*. Capisco che le sue intenzioni sono buone, ma si sbaglia. Non ho turbe mentali. Sto bene.

«Drew, è stato veramente gentile da parte tua includerci nella vostra cena di famiglia» dice la signora Fox sorridendo.

«Sono lieto che siate potuti venire.»

Il signor Fox indica me e Audrey. «È bello vedere che state finalmente insieme. Audrey...»

«Papà! Ti ho detto che siamo solo amici.»

Una volta mi adorava; poi è cresciuta. E adesso pensa che sia merce guasta.

Il signor Fox scuote la testa. «Non credo che un uomo inviti i tuoi genitori per conoscere la sua famiglia a meno che faccia sul serio.»

Scende di colpo il silenzio. Sono tutti sintonizzati sulla conversazione da questa parte del tavolo.

Audrey si porta i capelli dietro le orecchie. «Non è così.» Indica in fondo al tavolo dalla parte opposta. «Per favore, mangiate.»

Tutti riprendono a mangiare, ma sento i loro sguardi curiosi.

La signora Fox comincia a farmi domande sul mio lavoro. Le dico che le arti marziali si concentrano su onore, rispetto e responsabilizzazione, le parole per cui vivo. Continua a fare domande sulle diverse classi, quindi le parlo dei bambini più piccoli fino agli adulti cintura nera. Do anche lezioni di kickboxing.

Accanto a me, Audrey è veramente silenziosa. Le do

un'occhiata e la vedo arrossire. Immagino che i suoi genitori la stiano mettendo in imbarazzo facendomi domande. A me non dispiace.

«Allora, che programmi avete ora che siete in pensione?» chiedo loro.

«Io mi concentrerò sulla fotografia» dice la signora Fox. «Le Blue Ridge Mountains sono spettacolose.» Si trasferiranno ad Asheville, nel North Carolina, non appena avranno venduto la casa che hanno qui.

«Io ho intenzione di frequentare una classe di pittura» dice il signor Fox. «Ad Asheville c'è una vivace comunità artistica.»

«In effetti dovremo andarcene subito dopo la cena per preparare la casa per eventuali acquirenti» dice il signor Fox guardando Wyatt con aria di scusa. Lui fa loro segno che va tutto bene.

Il signor Fox attira la mia attenzione. «C'è qualche possibilità che ti interessi una casa con tre camere e due bagni in una strada tranquilla?»

«Possiedo già la mia casa» dico.

«Potrebbe interessare a me» dice Audrey.

«Tesoro, non pensavamo che potessi permetterti di comprare una casa, con il tuo stipendio» dice il signor Fox.

Lei alza la testa. «Le cose stanno evolvendo con il mio libro. Potrebbe diventare un film e, se quello non funzionasse, adesso sono fiduciosa della reazione degli agenti letterari a cui lo spedirò.»

«Vai, Audrey!» dice Sloane dal suo posto accanto alla signora Fox. Si china sul tavolo per battere il cinque. Sloane è un meccanico, una donna di poche parole e questo significa che è veramente impressionata.

Jenna e Sydney si scambiano un'occhiata preoccupata. *Merda.* Devono sapere che cosa ho fatto. Come? Faccio due più due. Eve deve averlo detto a sua sorella Jenna, che l'ha detto a Sydney. Dev'essere una cosa recente, altrimenti Audrey l'avrebbe già saputo da tempo.

Devo solo vuotare il sacco. Comunque non mi considera

certo un eroe da mettere su un piedistallo. Mi sento stringere il petto. Pensa che io abbia bisogno di aiuto. Che sia merce guasta.

«Beh, immagino che sia tutta questione di tempistica» dice il signor Fox.

Jenna si china in avanti, con un luccichio malizioso negli occhi. «Aud, non c'è bisogno che ti compri una casa. Potresti trasferirti a casa di Drew.»

Silenzio di tomba.

Audrey fa un versaccio. «Giusto.»

«Cambiamo argomento» dico. Non è una conversazione che intendo avere con il gruppo. Siamo tutt'altro che a quel punto.

La conversazione torna ai bambini e alle tappe del loro sviluppo. Audrey e io restiamo in silenzio.

«Più tardi dovremmo parlare» sussurro ad Audrey.

Lei sospira. «Abbiamo parlato un sacco ultimamente e il contenuto dei discorsi era decisamente carente.»

Mi irrito. «E questo che cosa dovrebbe significare?»

Non solo torna il silenzio nella sala ma la gente in fondo al tavolo si china per ascoltare. Audrey è troppo infuriata per notarlo.

Stringe le labbra. «Significa che mi dici che dobbiamo parlare e poi mi dici qualcosa che so già, come che siamo amici. Non credo che ci serva parlare ancora.»

«Non è una cosa che sai già.»

Mi guarda negli occhi. «Perché hai invitato me e i miei genitori qui a cena?»

Gli sguardi dei suoi genitori mi stanno bucando il lato della testa. «Perché.»

«Perché?»

Deglutisco, non voglio ammettere il mio piano o il suo scopo, specialmente davanti a un pubblico curioso. Indico vagamente i suoi genitori. «Volevo conoscere meglio la tua famiglia.»

Lei si alza di colpo. «Scusatemi.»

Praticamente corre fuori dalla stanza. Vorrei seguirla, ma

non so che cosa dirle. In qualche modo l'ha fatta nuovamente infuriare.

Un momento dopo, la cena continua con la gente che parla a voce alta. Finisco velocemente di mangiare e prendo in considerazione di andarmene. Posso sempre vedere Audrey al Club del Libro o al rifugio e costringerla ad ascoltarmi. Decisamente stasera non era dell'umore giusto.

Audrey torna senza dire una parola e finisce di mangiare in silenzio.

Qualche minuto dopo il signor Fox spinge indietro la sua sedia. «Scusateci, dobbiamo andare. Dobbiamo mettere in ordine la casa per i potenziali acquirenti che la visiteranno lunedì mattina.» Si alza. «Sydney, Wyatt, grazie per la cena.»

Si alza anche la signora Fox. «Sì, grazie mille.»

Li salutano tutti.

Wyatt si alza. «Vi accompagno fuori.»

«Ti dispiace se ci accompagna Drew?» gli chiede il signor Fox.

«Li accompagno io» dice Audrey.

Il signor Fox esita per un momento e poi finalmente dice: «Va bene, tesoro».

E se ne vanno.

Wyatt mi guarda sogghignando. «L'hai scampata bella. Padre iperprotettivo sul punto di scaricarti addosso il discorso: *"Quali sono le tue intenzioni nei confronti di mia figlia"*. Non vedo l'ora di spaventare a morte i ragazzi quando mia figlia comincerà a uscire.»

Scuoto la testa. Non mi sembra di averla scampata. Mi sembra che tutto il mio piano non avesse senso perché una volta che Audrey avrà sentito ciò che ho fatto non mi perdonerà mai. Pensa che sia merce guasta e vedrà tutto attraverso quel filtro. Solo altre prove che ho bisogno di un'aggiustata.

Wyatt si china verso di me. «La perderai se non farai la tua mossa. Non chiedermi come lo so.» Sydney deve avergli detto qualcosa.

C'è un altro? Oppure Audrey è solo stanca di tentare di "aggiustarmi"?

Ho lo stomaco sottosopra. Non mi piace nessuna delle due possibilità.

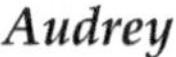

Audrey

«Papà, ti avevo detto che non c'è altro che amicizia tra me e Drew. Non capisco perché non mi credi.»

«È il modo in cui lo guardi» dice la mamma.

Papà annuisce. «Sì. E il modo in cui lui ti guarda come se fossi la persona più importante nella stanza.»

Sbuffo. «Lui non mi guarda in quel modo.»

«Avete passato un sacco di tempo insieme» dice la mamma. «Alle lezioni di karate, al Club del Libro, al rifugio per animali e adesso ha invitato la tua famiglia a cena.»

«Significa qualcosa» dice papà. «Io ho portato tua madre a conoscere i miei genitori quando sono stato sicuro che volevo sposarla.»

Già, Jenna e Sydney hanno detto la stessa cosa. È così lontano dalla realtà da essere risibile. «Non è quello che sta succedendo. Buonanotte» dico abbracciandoli entrambi.

«Digli che cosa provi» mi invita la mamma.

Sorrido a denti stretti. «Ciò che provo è che stiamo meglio da amici. È terribilmente frustrante e non posso accettare quanto sia chiuso in sé.»

La mamma mi stringe la spalla. «Lo capisco, ma ne ha passate tante, perdendo entrambi i genitori, dovendo occuparsi dei fratelli minori, il suo lavoro nelle Forze Speciali...»

«Ranger dell'Esercito» la corregge papà.

«Sì, e adesso gestendo la sua attività.»

Sospiro. «Conosco la sua storia, grazie.» E si rifiuta di riconoscere il fatto che io so come sistemare le cose per lui. Potrei rendere migliore la sua vita. Non è il caso di vergognarsi per il PTSD.

La mamma mi bacia la guancia. «Okay, ci sentiremo presto. Ti voglio bene.»

Papà sorride. «Ciao. Ti voglio bene.»

«Vi voglio bene anch'io.»

Torno in sala da pranzo, dove sono ancora tutti seduti al tavolo, attardandosi nelle conversazioni. Sono avvilita. Drew non è al suo posto. Non so perché la cosa mi disturbi. Probabilmente è in bagno o qualcosa di simile. Non se ne sarebbe andato senza salutare, giusto? È lui che mi ha invitata.

«Audrey, questo ti piacerà» dice Sydney. «Wyatt ha acquistato alcune prime edizioni per la nostra biblioteca e una di quelle è *Orgoglio e Pregiudizio*.»

Mi manca il fiato. Jane Austen è la mia autrice preferita, da sempre. Rileggo *Orgoglio e Pregiudizio* a ogni Capodanno. Quella prima edizione dev'essergli costata una fortuna. Certo, Wyatt è un miliardario in pensione. «Dici sul serio?»

«Sì, vai a guardare.»

Mi alzo, eccitata. Wyatt ha una biblioteca incredibile, con scaffali di legno fatti su misura. C'è perfino una scala su ruote per raggiungere i piani più alti, che ho usato perché sono piccola. Vado sul retro della casa. È buio nel corridoio, ma in biblioteca c'è la luce accesa. Immagino che l'abbiano lasciata accesa per me.

Entro e la porta si chiude di colpo alle mie spalle. Mi volto quando sento una chiave che gira nella vecchia serratura. «Ehi! Sydney!»

È uno scherzo?

Drew si alza dalla poltrona di pelle. «Audrey?»

7

Sento un brivido percorrermi la schiena. «Che cosa ci fai qui?»

«Avevo solo bisogno di una pausa. Siamo chiusi dentro?»

Indico la porta. «Sì! Sydney ci ha appena chiusi dentro.»

Drew va alla porta e tenta di aprirla. Come se non mi credesse.

Sydney parla attraverso la porta. «Vi lasceremo andare solo quando vi sarete detti tutto. Significa che devi farlo anche tu, Drew. E non osare abbattere la porta. Wyatt l'ha trovata in un mercato di antichità in Inghilterra.»

Devo chiederlo: «Quindi non c'è una prima edizione di *Orgoglio e Pregiudizio*?».

«Mi dispiace. Era un'esca» dice Sydney. Non sembra per niente dispiaciuta.

La guardo storta anche se non può vedermi.

Si unisce anche Jenna. «Aud, ricordi quando hai aiutato Eli a rapirmi, in nome dell'amore?»

Chiudo gli occhi, riconoscendo che ha ragione. Eli mi aveva chiesto di sorprendere Jenna con un viaggio, sperando di riuscire a portare la loro relazione a un altro livello. Io mi ero fatta avanti per sostituire Jenna alla pasticceria e l'avevo salutata mentre Eli se la buttava sulla spalla e la portava via per la loro romantica vacanza. Roba da romance. Tranne le urla di Jenna e il fatto di essere stata ammanettata dal suo poliziotto corteggiatore. Comuuunquee... Aveva funzionato. Ora sono sposati e hanno un bambino.

Non è la stessa cosa che essere rinchiusi in una stanza. Per quanto mi piacciano i libri, non lo definirei una cosa romantica. Più una prigione. Come posso rilassarmi come vorrei quando Drew sta camminando avanti e indietro come un leone in gabbia?

«Aud» mi chiama Jenna.

«Sì, certo, lo ricordo» dico sospirando.

«Spero che finisca altrettanto bene anche per te. Ti voglio bene!»

«Ciao!» dice allegramente Sydney. «Oh, c'è un bar lì dentro se volete un drink per rompere il ghiaccio.»

Si allontanano, parlando a voce bassa. Probabilmente si stanno congratulando a vicenda.

Mi volto a guardare Drew. «Che cosa credi che ci vorrà per uscire da qui?»

«Hai qualcosa da dirmi?»

«In effetti sì. Penso che prenderò quel drink.» Vado al bar, un antico carrello da liquori e controllo che cosa c'è. Sembra ci siano diversi tipi di whisky. Wyatt è un conoscitore di whisky e birra. Probabilmente sono costosi, ma non saprei. Io mi attengo al pinot grigio. Verso un whisky dal bel colore ambrato e lo offro a Drew.

«No, grazie.»

Bevo un sorso. Scende bruciandomi la gola e lo stomaco. *Ooh!* È come bere fuoco. Me ne verso in gola ancora un po'. Sì, mi preparo alla battaglia. Dirò *tutto* a Drew e lascerò che affronti la cosa. Quest'uomo dovrebbe sapere esattamente quanto è esasperante. Appoggio il bicchiere con un tonfo.

I miei muscoli si rilassano. È un whisky potente. Vado verso il divano di velluto rosso accanto alla poltrona di pelle su cui si è di nuovo seduto Drew. Questo divano è così morbido che mi sta chiedendo di sdraiarmi.

Mi metto un grande cuscino sotto la testa e mi sdraio. Poi

ricordo le scarpe e le scalcio via, agitando le dita dei piedi nei comodi calzini.

Drew si china in avanti, con i gomiti sulle ginocchia. «Allora, quello che volevo dirti...»

«Prima io perché ho una lista...»

Drew si raddrizza. «Una lista?»

Annuisco. «Una lista di tutte le umiliazioni che sono stufa di ricevere da te. In effetti sei fortunato che ti parli ancora.»

«Okay» dice lentamente.

Alzo un dito. «Primo, sono mortificata di averti scritto come se fossi il mio diario, quando ero un'adolescente sovreccitata.»

«Aud, ti ho detto che mi piacevano quelle e-mail. Erano così allegre e felici. Non sai quanto significassero per me in zona di guerra.»

Mi metto seduta. «Davvero? Non hai pensato che fossero sciocche?»

«No. Pensavo che fossero dolci. Come te.»

Mi liscio i capelli. «Oh.»

«Eri l'unica che si è tenuta in contatto con me in quel modo. Tutti scrivevano una volta al mese, tranne papà, che mi chiamava ogni settimana. Le tue e-mail mi aiutavano ad andare avanti, sapendo che c'era qualcuno là fuori che pensava a me.»

E pensare che mi sono tormentata per tanto tempo per quelle sciocche e-mail quando invece a lui piacevano davvero! Adesso mi sento molto meglio!

Incoraggiata, mi riappoggio al cuscino e continuo: «Quattro anni fa ho trovato il coraggio di parlarti dei sentimenti che provavo da molto tempo per te. Allora hai liquidato i miei sentimenti dicendo che era una cotta infantile e non era reale. È stato così umiliante!».

«Quello è stato umiliante?»

Agito spensieratamente la mano. «E anche la cosa delle e-mail, anche se adesso non è più così. E anche altre cose.»

«Ma, Aud, mi conoscevi veramente bene quattro anni fa?

Non riesci a capire perché potrei aver messo insieme ciò che mi avevi detto e le e-mail e aver concluso che mi stavi vedendo come il tuo eroe, e non l'uomo che ero?»

«No,» sbuffo «perché ero decisamente una donna adulta.»

«Mi manca essere il tuo eroe.»

Lo fisso, sorpresa. Sapeva che lo idolatravo e gli piaceva. «Beh, di sicuro non lo hai dimostrato!»

«Io non mostro le mie emozioni come fai tu. Non significa che non le provi.»

Mi viene in mente che non ho considerato le cose dalla sua prospettiva. Nemmeno un po'. Sono stata così presa dalle mie emozioni vorticose che non mi sono accorta della cosa più ovvia: Drew è un tipo diverso di animale. Mi incuriosisce.

«Come esprimi i tuoi sentimenti?»

«Con le azioni, immagino. Non sono granché con le parole.»

Dovrei veramente scrivere questa roba. È oro puro. *Concentrati!* Mi sposto verso il lato del divano, sedendomi in modo da guardarlo da vicino. «Non riveli molto nemmeno con la tua espressione. I tuoi occhi sono cauti e la faccia spesso inespressiva.»

«Vorrei dire che è l'addestramento militare, ma sono sempre stato una persona riservata. Anche Adam è così, sai. È genetico.»

Alzo un dito. «Non è così per Sydney, Eli o Caleb!» Sono sua sorella e i suoi fratelli minori.

«Hanno preso la personalità più aperta della mamma. Adam e io assomigliamo a papà.»

«Ma tuo padre era sempre amichevole.»

«Poteva essere amichevole, ma teneva per sé i suoi problemi. Non abbiamo saputo fin dopo la sua morte quanto andasse male il ristorante e i debiti che aveva accumulato.»

Ci penso. Se questa non espressività è genetica, non ci può fare niente. È nel suo DNA. E sembra che essere riservato non sia un problema per Adam e sua moglie, Kayla. Sono felici da far schifo. Ovviamente Kayla, che è così vivace ed espressiva, è riuscita a capire Adam. Io devo solo crackare il codice di Drew.

Questo mi porta alla domanda: perché sono innamorata di lui da tanto tempo quando è sempre così frustrante?

L'attrazione c'è sempre stata, anche se è unilaterale e dura pateticamente da troppo tempo. Ho decisamente notato una certa chimica tra noi di recente. Drew è innegabilmente stupendo ed estremamente sexy. Che altro? Lo guardo negli occhi e lascio che le emozioni affiorino. Mi si stringe la gola. So perché.

E adesso ho bisogno che lo sappia anche lui.

Parlo col cuore. «Ho sempre saputo che sei una brava persona che tiene alla sua famiglia, che fa la cosa giusta anche quando è difficile e...» Mi si spezza la voce. «... E sapevo che eri una persona di cui mi sarei potuta fidare con i miei pensieri più segreti.»

«Puoi farlo, lo giuro, ma dovrei...»

«Non ho ancora finito.»

Drew mi dà un'occhiata solenne. «Che altro?»

Faccio un respiro profondo. O la va o la spacca. Devo ignorare tutte le volte in cui mi sono sentita ferita, in modo da poter andare avanti. In un certo senso questa è l'umiliazione peggiore, probabilmente perché ci era voluto tanto coraggio per tentare. «Quando ho tentato di sedurti...»

«Aspetta. Hai cercato di sedurmi?»

Sbuffo. «Sì, alla festa di fidanzamento di Skylar e Gage.»

«Quando eri ubriaca?»

«Non ero assolutamente ubriaca!»

«Ma ti stavi comportando in un modo così strano.»

A quanto pare, essere sexy non è da me.

Guardo il soffitto, pregando di avere pazienza. «Volevo sapere se mi trovavi sexy come io trovavo sexy te. Quindi sono andata alla festa con un abito senza niente sotto, te l'ho detto e, quando mi hai fissato con lo sguardo assente, ho rialzato lentamente il vestito sulla gamba in quella che credevo fosse una mossa sexy. Fallimento completo. Mi hai semplicemente lasciato lì. Ovviamente non eri per niente eccitato. Un'altra umiliazione da aggiungere alla lista.»

Drew mi prende la mano e mi bacia il palmo. Sento un'ondata di sensazioni in tutto il braccio. «Ero eccitato, credimi. Il mio desiderio per te cresceva a ogni minuto che passavo con te da quando ero tornato a casa, ma non pensavo di meritarti.»

«Cosa!? Perché?»

Lui fissa la mia mano nella sua. «Perché tu sei così dolce e buona e io no.» Mi guarda negli occhi e vi vedo riflesso il dolore. «Ho tolto la vita a un uomo, molte volte. È una cosa che ti cambia, prendere una vita. E ho fallito con la mia unità. Ho perso due soldati sotto il mio comando. Brave persone.»

Il mio cuore soffre per lui. «Eri in missione e sono sicura che non sia stata colpa tua perdere due soldati.»

«Era responsabilità mia, ero il loro comandante.»

Gli stringo la spalla. «Sei troppo duro con te stesso.»

Drew si passa la mano sulla faccia. «Non sarei mai riuscito a essere all'altezza dell'adorazione che provavi per me, ero il tuo eroe. Non mi conoscevi. Non davvero.»

Resto in silenzio per un momento, ripensando alle cose dal suo punto di vista. Lottare con il PTSD è dura. Mi viene in mente che i muri che erige, il motivo per cui mi ha sempre respinto è il PTSD. Non è una cosa che affronta solo in privato, con l'insonnia e gli incubi, coinvolge tutti gli aspetti della sua vita. Ora ho potenzialmente un modo di arrivare a lui. È la chiave di *tutto*. Per un momento mi sento euforica, ho finalmente capito che cosa ci divide. E poi sono triste per tutto il tempo che abbiamo perso perché Drew l'ha nascosto così bene e io ero così occupata a sentirmi ferita. Non l'avevo mai capito. Non riesco a credere di non averci mai pensato. È ovvio che i traumi del passato influiscano sui suoi rapporti.

E ha ragione sulla mia precedente dichiarazione d'amore. Era prematura. Ero innamorata della versione idealizzata di lui che avevo in mente: il fratello maggiore fico che faceva sentire inclusa la Audrey ragazzina, il soldato coraggioso che faceva il suo dovere, l'uomo che si occupava dei suoi fratelli minori dopo aver perso i genitori. Lo amavo da lontano, messo su un piedestallo e avevo bisogno di conoscerlo da vicino. Come ora.

«C'è qualcos'altro nella lista delle umiliazioni?» mi chiede gentilmente.

Mi sento stringere il cuore. Ho scaricato tutto su di lui quando ero io che aggiungevo significati che non c'erano. Forse possiamo procedere in modo autentico, ora che stiamo veramente parlando e conoscendoci.

«Solo un'altra cosa» dico gesticolando. «No, non importa.»

Lui si sposta verso di me sul divano e mi prende la mano. Fisso la sua tanto più grande che avviluppa la mia in un caldo abbraccio. Siamo gamba a gamba, più vicini di quanto siamo mai stati. Il mio corpo freme nell'attesa.

«Puoi dirmelo.»

Fisso davanti a me. «Mi hai invitata a casa tua per vedere una partita e pensavo fosse un appuntamento, ma quando ho cercato di baciarti ti sei tirato indietro.» Mi bruciano gli occhi per le lacrime. «No, lascia perdere.»

Mi appoggia la mano sulla guancia e mi volta verso di lui. «Ti bacerò io.»

«Non voglio un bacio per pietà.»

Accarezza con il pollice il punto sensibile sotto l'orecchio. «Devo mostrarti le mie qualità migliori. Sono state scandalosamente ignorate.»

Spalanco gli occhi. Che strana frase. E poi le sue labbra si appoggiano sulle mie. Sento una scossa dappertutto. Il nostro primo bacio! Lo desidero da... Ohhh! Il bacio diventa carnale, selvaggio e bollente. Gli metto le braccia intorno al collo, perdendomi in questa tempesta di sensazioni. Il bacio continua e il mio desiderio arriva alle stelle. Il suo profumo mi avvolge, le sue mani mi accarezzano i fianchi, poi sfiorano la pelle sensibile ai lati del seno. Dalla gola mi esce un gemito.

E poi Drew mi sta abbassando sotto di lui, con la bocca che continua a divorare la mia. Le dita si infilano sotto la mia camicetta e mi accarezzano il seno. Ho la pelle in fiamme dovunque mi tocchi. Lo desidero da tanto tempo. Gli sfilo la camicia dai jeans, passando la mano sulla schiena potente, adorando la sensazione della pelle liscia sui muscoli duri.

Drew si sposta, baciandomi e mordicchiandomi il lato del collo. Il mio respiro accelera mentre ogni bacio provoca una fitta di sensazioni, ogni piccolo morso uno shock. Sto fremendo dappertutto. Mi slaccia i primi due bottoni della camicetta, scoprendo la clavicola e la spalla, sfiorandomi la pelle sensibile.

Allungo la mano verso i bottoni della sua camicia, con le dita che armeggiano per slacciarli. La sua bocca torna sulla mia, la lingua entra. Gli afferro la testa, tenendolo vicino, disperatamente, appassionatamente, come se potessi morire senza questo bacio. Mi apre con forza la camicetta, con i bottoni che volano dappertutto. Registro lo shock in fondo alla mente, ma è sostituito in fretta dalla sensazione bruciante della sua bocca che mi bacia la parte alta del seno.

Dita agili mi slacciano il reggiseno e me lo tolgono, mentre la sua bocca torna sulla mia. Mi allarga le gambe usando la sua e si sistema proprio dove ho bisogno di lui. *Oh sì. Oh mio Dio.* Ogni mossa del suo corpo mi dà una fitta di sensazioni. La mano scivola verso il basso accarezzandomi il seno, col pollice che passa avanti e indietro sul mio capezzolo, facendolo diventare un bocciolo.

Allungo nuovamente la mano verso il bottone della sua camicia e poi Drew si abbassa sul mio corpo, prendendo in bocca il capezzolo e succhiando forte. Ogni risucchio è una linea diretta al mio sesso congestionato. Alzo le braccia, invasa dalle sensazioni.

Drew alza la testa, con gli occhi scuri che ardono. «Ti arrendi?»

Resto senza fiato. «Sì.»

«Eccellente.»

Si sposta sull'altro seno, stuzzicando la punta con la lingua prima di succhiare forte. I miei fianchi si alzano per conto loro, spinti dal desiderio. Gemo forte.

«Shh.» Mi copre la bocca con la sua reclamandone il possesso.

Solleva il corpo dal mio solo abbastanza per slacciare il bottone e la cerniera dei miei pantaloni e abbassarmeli. Sento una ventata di aria fresca sulla pelle bollente.

Lui interrompe il bacio e si sposta al mio fianco. Sto ansimando. Passa un dito sotto la cintura delle mie mutandine bianche di pizzo. «Queste sono così sexy.»

«Grazie. Togliti la camicia.»

Lui obbedisce, slacciandosi in fretta in bottoni e togliendosela. È spettacoloso. Gli passo le mani sul petto, godendomi la sensazione, e poi mi metto seduta per baciargli il petto, passandogli la lingua sul capezzolo. Lui geme, mi alza la testa e mi bacia, abbassandomi sul divano.

Adesso il bacio è lento e languido, come se avesse tutto il tempo del mondo. Mi rilasso completamente, con le mani che vagano sulla sua schiena e le spalle calde e muscolose. La sua mano scivola sul mio seno, massaggiandolo e tirando il capezzolo finché comincio a sollevare i fianchi; ho bisogno della pressione del suo corpo su di me. Gli tiro la cintura.

Lui mi bacia il lobo dell'orecchio, tirandolo. «No. Questo è solo per te.»

«Ti voglio.»

Drew ha l'ombra di un sorriso sulle labbra prima che la sua bocca torni a coprire la mia. Questa volta, il palmo scivola lungo il centro del mio petto in una linea diritta verso le mie mutandine. Affondo le dita nelle sue spalle con il corpo che si inarca verso di lui. Lui mi stuzzica sotto la cintura, con le dita che vanno avanti e indietro, procurandomi piccole scariche elettriche.

Interrompo il bacio. «Per favore, continua.»

Drew mi morde il labbro inferiore mentre infila le dita tra le mie gambe. Provo una fitta di sensazioni dalla testa ai piedi e poi i movimenti si addolciscono, mentre mi bacia teneramente continuando ad accarezzarmi il sesso, passando le dita su e giù e in cerchio, come se volesse conoscere tutto di me.

Alza la testa, osservando la mia espressione mentre le sue dita lavorano su di me. I suoi occhi sapienti registrano ogni sospiro, ogni gemito, ogni sobbalzo. Mi sta studiando. Tiro indietro la testa, colma di piacere. Drew mi sfiora la gola con la bocca mentre le dita alternativamente mi stuzzicano e fanno pressione, spingendomi verso un livello di piacere che non ho mai sperimentato prima. Rabbrividisco e mi scuoto.

Drew emette un basso suono compiaciuto, il suono di un uomo che sa di essere al comando. Ansimo mentre infila un dito dentro di me e poi un altro mentre continua a strofinare il centro del piacere. *Oh mio Dio*. I miei fianchi si alzano quando l'orgasmo mi travolge. Apro la bocca per un grido che copre con un bacio mentre continuo a fremere, con un'ondata di piacere che si diffonde in tutto il corpo.

Drew resta con me, più dolce adesso guardandomi negli occhi mentre mi muovo impotente sotto di lui. Poi mi affloscio. Vorrei dirgli che è stato fantastico e ringraziarlo, ma sono così molle e rilassata che non ci riesco.

«Sei così bella» mi dice.

Il sorriso mi prende tutto il volto. Un momento dopo gli do un'occhiata, ancora in jeans e con un rigonfio notevole. «Posso aiutarti?»

«Non voglio che la nostra prima volta sia nella biblioteca di mia sorella.»

Allungo pigramente le gambe. «Immagino che sia meglio così, perché non ho un preservativo. E tu?»

«No.» Mi bacia la tempia, il naso, le labbra, il mento. «Non l'avevo in programma.»

Sospiro. «So che dovrei dire a Sydney che abbiamo fatto pace e che dovrebbe lasciarci uscire ma in questo momento sono molle come uno spaghetto stracotto.»

«Bene.» La sua voce torna seria. «Aud, spero che tu sappia che tutte quelle volte in cui ti ho ferita, non ne avevo l'intenzione.»

Gli accarezzo il velo di barba. «Adesso lo so. Sto cominciando a capire che ci sono due lati in ogni storia.»

Mi guarda intensamente. «Speravo che volessi stare con me. Una relazione seria, monogama.»

Spalanco gli occhi. Nessuno me l'aveva mai detto prima. E

che Drew sia così espressivo, così amorevole è un sogno diventato realtà.

Gli prendo il bel volto tra le mani. «Non c'è mai stato nessun altro per me.»

Lui mi abbraccia, passandomi la bocca sul collo. Va tutto bene nel mio mondo. È possibile che sia la realtà? È quasi troppo bello per essere vero.

8

Era troppo bello per essere vero. Mentre mi sto rivestendo, riesco a sentire Drew che si ritrae. È impalpabile, ma sono in sintonia con lui. Prima sembra cupo mentre si riveste con movimenti frettolosi. Poi prende il telefono e manda un messaggio con le labbra strette.

«Va tutto bene?» gli chiedo, facendo un nodo alla camicetta. I bottoni sono andati. Li raccolgo da dove sono sparpagliati e li metto in tasca, nella speranza di recuperare la camicetta.

«Sydney vuole sentire te prima di lasciarci uscire.» Dà un'occhiata alla mia camicetta legata. «Sono stato troppo rude. La sostituirò.»

«Va tutto bene. È stato sexy.»

Drew scuote la testa e comincia a scrivere. «Dirò a Sydney di portare la mia giacca quando aprirà la porta, in modo che tu sia coperta in modo decente.»

È sempre stato protettivo nei miei confronti. È insieme lusinghiero e irritante a seconda della persona da cui sta cercando di proteggermi.

Mando un messaggio a Sydney. *Va tutto bene, abbiamo parlato. Mi ha chiesto se voglio stare seriamente con lui.*

Sydney: *Davvero?*

Io: *Sì. Sono rimasta sbalordita anch'io.*

Sydney: *È fantastico. Arrivo tra un secondo. Devo passare Quinn a Wyatt.*

Io: *Dovrei essere furiosa con te per avermi chiuso qui dentro, ma in questo momento sono troppo felice.*

Sydney: *Ne sono felice.*

Mi rivolgo a Drew. «Sei pronto? Pensavo che avremmo potuto tornare a casa mia.»

Lui alza il mento, assentendo. «Bene. Così parleremo.»

Mi avvicino e gli passo la mano sul petto. «Ci sono altre cose che mi piacerebbe fare.»

Mi copre la mano con la sua, fermandola. «Ho ascoltato quello che volevi dirmi; adesso tocca a me.»

«Hai una lista di reclami?» gli chiedo scherzosa.

Lui non sorride. «Ho una cosa importante da dirti e voglio togliermi il peso, ma non qui. Non voglio scenate.»

«Perché io tengo il muso?»

«Perché voglio privacy» dice seccamente.

Sono di nuovo confusa. Mi ha chiesto o no se volevo avere una relazione seria e monogama con lui? Pensavo che ne sarebbe seguita una lunga sessione di sesso. Forse che avremmo addirittura passato la notte insieme, come farebbe ogni altra vera coppia. Monta la rabbia, distruggendo la mia dolce felicità. Adesso sto stringendo i denti.

Ovviamente Drew ha dei rimpianti.

Incrocio le braccia, chiudendo la camicetta. Sento la chiave che gira e poi la porta si apre.

«Congratulazioni!» esclama Sydney. «Diavolo, voi due sembrate terribilmente tesi per essere una coppia all'inizio di una relazione. Avete già avuto il vostro primo litigio?»

Drew strappa la giacca dalle mani di Sydney e marcia verso di me, aiutandomi a metterla. Il suo piumino nero su di me è come un grande parka. Molto comodo.

Appare Jenna. «Siete arrabbiati con noi?» Sorride. «Guarda, indossa la giacca di Drew. Che carini!»

Sydney sorride. «Alla sua camicetta mancavano tutti i bottoni, come se Drew l'avesse strappata.»

«Basta così» ringhia Drew. «Ce ne andiamo.»

Si avvicina a me, mi prende la mano e mi trascina fuori. Quando passiamo dalla cucina, il resto dei presenti applaude. Immagino che stessero aspettando, per vedere che cosa sarebbe successo. Wyatt mi getta la mia giacca e Drew l'afferra a mezz'aria.

«Ciao!» dico mentre Drew continua implacabile. Almeno non vede l'ora di avermi tutta per lui, giusto?

Quando arriviamo al suo pick-up, non solo mi apre la portiera, ma mi solleva per farmi sedere. Qualcuno ha fretta. Forse ho male interpretato la sua tensione. Forse era arrabbiato con Sydney per averci rinchiuso. Devo veramente imparare a interpretare i suoi segnali.

Lui sale, appoggia la mia giacca sul sedile tra di noi e parte senza dire una parola. Gli do un'occhiata. Sì, decisamente ha la bocca serrata. Infilo le mani nelle tasche della sua giacca. C'è un foglio di carta piegato.

Lo prendo e lo apro. È una lista.

Invita Audrey a far parte della tua vita.

1. Invitala ad aiutarti con i bambini alla lezione di karate.
2. Invitala a correre con te al mattino.
3. Invitala a guardare il tuo sport preferito.
4. Invitala a casa tua per la cena.
5. Invitala alla cena di famiglia e includi i suoi genitori.
6. Invitala ad avere una relazione seria.

Oh mio Dio. È il piano di Drew per stare con me? Il mio cuore fa le capriole, le farfalle cominciano a svolazzare e mi sento euforica. Qualcuno si è innamorato. Ed è reciproco.

Drew guarda verso di me. «Merda. Mettila via.»

«Sembra che abbiamo superato tutte le voci, tranne la numero quattro. Me ne sono andata prima che potessi invitarmi a restare per la cena. È così dolce che avessi un piano.»

Drew espira bruscamente. «La signora Ellis ha detto che

era importante che tu vedessi le mie qualità migliori che erano state scandalosamente ignorate.»

Mi sbatto una mano sulla bocca. Aveva detto "scandalosamente ignorate" prima di baciarmi per la prima volta. E il Generale Joan l'ha aiutato?

«Pensi che sia stupido?»

Lascio cadere la mano. «No, penso che sia bello. Non mi meraviglia che ci abbiano assegnato lo stesso compito per la Sagra di Primavera. Se n'è assicurata il Generale Joan.»

«Io la chiamo Generale Cupido. Sa quello che fa. Dopotutto sei qui.»

«Sono qui.» Mi rannicchio ancora un po' nella sua giacca, crogiolandomi nella beatitudine di un amore che è cresciuto giorno per giorno. Non dovrei saltare a conclusioni riguardo a ciò che sta pensando. Dovrei parlare con lui. Immagino di essere arrugginita anch'io in fatto di relazioni.

Qualche minuto dopo Drew entra nel vialetto del mio appartamento. È una casa a due piani rivestita di assicelle grigie. Io abito al secondo piano.

Spegne il motore, scende e corre dalla mia parte per aprire la portiera. Poi mi afferra per la vita e mi tira fuori dal pickup, facendomi ridere. «Posso salire e scendere da sola.»

«È alto per te. Inoltre, ora che stiamo insieme, mi piace toccarti tutte le volte che posso.»

Mi metto in punta di piedi e lo bacio. Lui si tira indietro, chiude la portiera e mi prende la mano, guidandomi verso l'ingresso.

L'apro e salgo le scale. Sto per aprire la porta del mio appartamento quando mi dice: «Ricorda che adesso stiamo insieme».

Strano. È letteralmente appena successo. Come potrei dimenticarlo?

Sorrido. «Lo ricordo.»

Entro e accendo la luce. Cinder, la mia amatissima gatta grigia, mi saluta alla porta, passandomi tra le gambe e facendo le fusa. Mi accuccio per accarezzare la testa ossuta.

«È troppo magra» dice Drew.

«Lo so. Il dottor Russo dice che potrebbe esserci qualcosa che non va nel suo intestino e che dovrei portarla in una clinica veterinaria specializzata per altri test. Lui non ha l'attrezzatura giusta.»

«Mi dispiace. So che ce l'hai da un bel po'.»

«Da quando ho il mio appartamento, da nove anni.» Gli indico di seguirmi sul divano. Mi piace questo divano. Sembra che mi abbracci quando mi rannicchio in un angolo per leggere o guardare la TV.

Drew si siede. «Puoi cambiarti. Probabilmente hai caldo con la mia giacca.»

Mi tolgo la sua giacca, restando con la camicia semiaperta e il reggiseno di pizzo bianco. «Così sono comoda.»

Lui mi fissa il seno, con il rossore che gli sale sul collo. I suoi occhi ardono quando guardano i miei. «Non è il momento giusto. Vai a cambiarti, per favore.»

Punta sul vivo, mi alzo e vado nella mia stanza per cambiarmi. Non so perché sia così teso per questa conversazione. Non ho mai fatto niente per umiliarlo. Che lamentele ha da farmi? Getto la camicetta nel cesto della biancheria da lavare e metto un morbido maglione rosa.

Quando torno, Drew è seduto rigido come un palo.

Sorrido. «Okay, sbrigati a dirmi che cosa ti preoccupa, così mi posso scusare e passare alle cose serie.»

Lui si passa la mano tra i capelli ed espira bruscamente. «Io voglio solo il meglio per te. Tutto ciò che mi importa è la tua felicità.»

Mi sposto verso di lui e gli tocco il braccio. «Io provo le stesse cose.»

«Allora, pensavo che il tuo libro fosse bello. Veramente bello. Ma ogni volta che ti chiedevo di mandarlo a un agente mi dicevi che aveva bisogno di un'altra revisione. I mesi passavano e ho deciso che ti mancava solo la fiducia in te stessa, quindi ho risolto il problema.»

«In che modo?» chiedo nervosamente.

«L'ho mandato a ogni agente letterario che ho trovato.»

Resto a bocca aperta. «Drew! Non riesco a credere che

l'abbia fatto! Mi fidavo di te. E quella versione *non* era pronta.»

«Mi dispiace.»

«È illegale impersonare qualcuno. Devi averlo inviato usando il mio nome.»

«Non ti stavo esattamente impersonando. Ho usato l'e-mail *drewandaudrey*.»

«Ma hai mandato le e-mail come se fossi io.»

«Ho dovuto. C'era il tuo nome sul manoscritto.»

«Sono un'adulta. Non ho bisogno che tu sistemi le cose per me.»

«Tu non stavi cercando di "sistemare" me? Cercando di convincermi a prendere due cani da terapia per il PTSD che non ho?»

Sospiro; chiaramente sta ancora cercando di autoconvincersi di non averlo. «È diverso. Io ti stavo aiutando. La stessa cosa con il Club del Libro e il rifugio. Era per coinvolgerti nella comunità. Eri troppo isolato, frequentavi solo i tuoi fratelli e tua sorella.»

«Visto? Stavi cercando anche tu di sistemare la mia vita e adesso va meglio, grazie.»

«Ma non ti ho mai impersonato. Ti ho solo invitato...»

«Nel tuo mondo. E ho restituito il favore perché volevo avvicinarmi a te.»

Lo fisso, con il cervello in fiamme. È così calmo, in modo irritante e ragionevole davanti a un tradimento completo. Mi fidavo di lui quando gli ho inviato il libro e ha rovinato le mie possibilità agendo alle mie spalle.

«Quando hai spedito il mio manoscritto?» gli chiedo.

Lui fa una smorfia. «Lo scorso novembre e mi dispiace veramente, ma lo hanno rifiutato tutti. No, aspetta. Un agente mi ha incoraggiato a inviare il prossimo libro. È il motivo per cui ti ho detto di cominciare a scrivere un altro libro.»

Mi metto una mano sulla fronte e chiudo gli occhi. «Ho passato due anni a lavorare su quel libro. Ora non posso mandare a nessuno la versione migliore.» Espiro bruscamente, ho le gambe pesanti. «Non riesco a credere che l'abbia fatto alle mie spalle.»

«Vorrei poter tornare indietro e fare le cose diversamente.»

«Avevo grandi sogni: un tour pubblicitario, un ricevimento per presentare il libro a New York, vedere il mio libro sugli scaffali al Book It.»

«C'è ancora la possibilità che facciano un film.»

«Non cambia il fatto che ciò che hai fatto è sbagliato. Hai tradito la mia fiducia.»

«Sono veramente dispiaciuto.»

La mia mente corre a ciò che significa per il film. «Eve vedrà Claire Jordan giovedì. Dovrei dire a Eve che il libro è già stato respinto dagli agenti letterari?»

«Lo sa. Ho cercato di far avere il libro all'agente di Eve tramite Dominic, quando è andato a Los Angeles lo scorso Giorno del Ringraziamento. Speravo che la sua agente potesse far realizzare un film.»

Resto a bocca aperta. «Drew!»

«Dominic non ha voluto farlo, ma ovviamente l'ha detto a Eve.»

«Eve pensa che si possa salvare la situazione?»

«Non lo so. Immagino che se ne facessero un film, lei potrebbe avere i contatti giusti per far pubblicare il libro.»

Mi si stringe la gola, e le lacrime sono sul punto di scendere. Le possibilità di un film sono scarse. Dovrebbero incastrarsi troppi pezzi perché succeda. Eve mi ha avvertito. Mi sfugge una lacrima e l'asciugo furiosamente. «Non riesco ancora a credere che tu abbia fatto una cosa simile! Avresti potuto dirmelo in qualsiasi momento. Sono passati mesi!»

«Ho aspettato a dirtelo perché volevo che mi dessi una chance e non mi respingessi per anni come hai fatto l'ultima volta in cui ti sei infuriata con me.»

«Non comportarti come se il problema fossi io!»

«Mi dispiace. Che cosa posso fare per farmi perdonare?»

Sospiro, di colpo esausta. «Non credo sia possibile.» Stringo le labbra. «Penso che dovresti andare.»

«Aud.»

«E non credo che dovremmo più vederci. Hai tradito la mia fiducia.»

«Possiamo superarlo.»

Sospiro di nuovo. «Tu mi ami, Drew? È così che tratti la gente che ami?»

Silenzio.

Mi alzo. «Chiudi la porta quando esci.»

Poi vado in camera per un bel pianto.

9

Drew

Audrey mi sta uccidendo. È seduta al lato più lontano da me del tavolo per la riunione sulla Sagra di Primavera e ha gli occhi cerchiati di rosso, come se avesse pianto tanto. E che cosa posso fare? Mi sono scusato sinceramente. Pensavo veramente di aiutarla a realizzare il suo sogno di far pubblicare il libro. Ovviamente i libri per lei sono tutto. Lavora in una biblioteca, ha un Club del Libro e ha passato due anni a scriverne uno.

Il Generale Cupido mi dà un'occhiata interrogativa e scuoto la testa per dirle di no. Non è successo. Immagino che l'intero piano di legarmi ad Audrey prima di lasciare cadere la bomba fosse un errore di valutazione. Chissà quanto tempo ci vorrà perché Audrey mi perdoni? Diavolo, guardarmi in faccia sarebbe già un inizio.

La riunione finisce. Prima che possa tirarla da parte, Audrey dice: «Ho alcune cose da finire in biblioteca. Arrivederci a tutti». E si fionda nella stanza dietro il bancone.

Sto per seguirla quando Eve mi raggiunge e mi tira da parte.

«Immagino che gliel'abbia detto» mi dice.

Deglutisco il groppo che ho in gola. «Sì. Avevi avvertito Claire Jordan che il libro era già stato rifiutato dagli agenti?»

«Diavolo, no. Lo sta leggendo adesso. Ci vedremo giovedì per parlarne. Deve piacerle il libro per decidere di comprare i diritti e commissionarmi l'adattamento. L'ha già fatto con la trilogia *Fierce* che è stato un successo. Sono speranzosa.»

«Se dovesse comprare i diritti per farne un film, potrebbe usare la sua influenza per fare in modo che gli agenti gli diano una seconda occhiata?»

«Forse. Audrey però potrebbe pensare all'autopubblicazione.»

«Autopubblicazione? Che cosa comporta?»

«Non lo so con esattezza. Uno dei miei autori di thriller preferiti si autopubblica. Sono sicura che potresti fare qualche ricerca online per capire che cosa ci vuole. Forse le darebbe una speranza mentre aspetta di sentire dei diritti cinematografici.»

Il peso che ho sulle spalle si alleggerisce. «Grazie, Eve. Controllerò sicuramente.» Scommetto che il mio compagno d'armi, Matt, lo scrittore di thriller militari potrebbe indicarmi la direzione giusta. Non si autopubblica ma sono sicuro che conosca qualche scrittore che lo fa.

Vado verso il bancone centrale, aspettando che Audrey finisca qualunque sia la cosa che sta facendo nella stanza sul retro.

«Buon per te» dice il Generale Cupido mente si avvia all'uscita. «Non arrenderti.»

La saluto, senza riuscire a sorridere.

Nicholas mi saluta allegramente con la mano mentre esce con lei. La signora Peabody si precipita fuori dalla porta con le mani piene di carte. Eve mi dà un'occhiata compassionevole prima di andarsene.

Espiro bruscamente. In biblioteca siamo rimasti solo io e Audrey. Aspetto ancora parecchi minuti e ancora non esce dalla stanza sul retro. Alla fine vado dietro al bancone e mi avventuro dentro la stanza, in parte magazzino e in parte cucinino.

Audrey sta sistemando i libri sugli scaffali e mi volta la schiena.

Mentre mi avvicino, mi accorgo che sta piangendo mentre lavora. «Aud.»

«Ah.» Lei si volta di scatto e si mette una mano sul cuore. «Mi hai spaventata! Non arrivarmi alle spalle in quel modo.»

«Non avevo intenzione di spaventarti.»

Lei si asciuga le lacrime.

«Eve dice che c'è ancora speranza per il tuo libro.»

Lei annuisce e si volta, con le spalle che si scuotono. Poi si copre la faccia con le mani e singhiozza.

Il cuore mi balza in gola. Non penso. Agisco d'istinto, tirandola tra la braccia. Lei si aggrappa a me, singhiozzandomi nella camicia. Ogni singhiozzo è una coltellata al cuore. Sono io che le ho causato il dolore. Devo fare qualcosa per migliorare le cose.

Lei sussurra qualcosa che non riesco a sentire.

«Che cosa?»

Lei alza gli occhi lacrimosi. «Cinder è morta. Quando mi sono svegliata questa mattina, era stesa sul pavimento e c'era una pozza di sangue accanto a lei come se lo avesse vomitato. Sono corsa dal veterinario ma il dottor Russo ha detto che avrebbe avuto bisogno di una trasfusione prima di poter tentare di metterle una flebo e che avrei dovuto prendere in considerazione l'eutanasia, per evitare di farla soffrire. E adesso non c'è più.» La sua voce si spezza e ricomincia a piangere forte.

Le tengo la testa contro il mio petto, con il cervello in fiamme. Pensavo di essere io la causa della sua angoscia. Sta piangendo per la sua amatissima gatta. Il peso che ho sulle spalle si alleggerisce, anche se la capisco. «Mi dispiace tanto. So che cosa significava per te.»

Lei annuisce. «Alcune persone direbbero che è solo un gatto...» Le manca la voce. «Ma per me era come la mia famiglia.»

«Certo. Era la tua famiglia.»

Lei piange ancora per qualche minuto prima di staccarsi.

«Non pensavo di avere altre lacrime da piangere. Non sarei dovuta venire stasera, ma non sono riuscita ad affrontare l'idea di restare a casa sapendo che non c'era.»

«Lascia che ti accompagni a casa. Resterò per un po' se vuoi.»

Lei annuisce, asciugandosi le lacrime. «Mi piacerebbe avere un passaggio. Sono venuta a piedi.»

«È una lunga camminata di sera da sola.»

«Lo so, ma Summerdale è un posto sicuro e avevo bisogno di camminare.»

«Vieni» dico guidandola di fuori.

Inserisce il codice di sicurezza per la biblioteca e mi segue al mio pick-up. L'aiuto a salire.

Lei mi guarda voltando la testa. «Posso salire da sola. Non c'è bisogno che mi sollevi tutte le volte.»

«Era solo una piccola spinta.» Audrey è piccola. Pensavo di aiutarla.

Vado dall'altra parte del pick-up, salgo e metto in moto.

«Sono ancora arrabbiata con te» dice, quando esco dal parcheggio.

«Lo immaginavo. L'hai scoperto solo ieri e poi oggi hai avuto altre brutte notizie. Non significa che non posso starti accanto, giusto?»

«Immagino che a questo punto non potresti fare altri danni.»

«Non stavo cercando di farti del male. Stavo cercando di far realizzare il tuo sogno.»

Audrey alza una mano. «Per favore, non ci voglio nemmeno pensare adesso.»

Facciamo in silenzio il resto della strada. Lei scende dal pick-up prima che possa aiutarla e si affretta ad andare verso l'ingresso. La seguo dentro e al piano di sopra. Accende la luce e le manca il fiato. Conosco la sensazione della morte nell'aria.

«È qui dove l'hai trovata?»

Lei annuisce e indica accanto al divano. «Proprio lì. Penso che volesse salire sul divano ma non ci sia riuscita.»

«Okay. Vuoi guardare la TV o leggere? Che cosa ti farebbe sentire meglio?»

«Voglio andare a letto.» Mi guarda con gli occhi pieni di lacrime. «Potresti tenermi abbracciata?»

«Tutto quello che vuoi.» Mi merito questa tortura.

«Grazie.»

Va in camera per prepararsi. È presto per andare a letto, sono solo le otto e mezza. Il dolore può essere stancante. Sta soffrendo per due cose: Cinder e il suo libro.

Qualche minuto dopo torna in soggiorno con un pigiama di seta rosa. Quando eravamo ragazzi, sui suoi pigiami Audrey aveva sempre disegni di personaggi carini. C'è qualcosa di così femminile e sexy nel suo pigiama di seta, anche se la copre dal collo alle caviglie.

«Togliti le scarpe e vieni a letto» mi dice.

Mi tolgo le sneakers e la seguo. *Per favore, dammi la forza di volontà di non essere tentato dal suo piccolo corpo sexy. Non è il momento giusto per la seduzione.*

La sua camera non è come me l'aspettavo. Avrei pensato al rosa e ai fiori. Invece c'è un letto matrimoniale con la biancheria bianca e una testiera di tessuto grigio chiaro, una cassettiera, un comodino e, in un angolo, la chaise longue grigio chiaro che l'avevo aiutata a portare qua dalla casa dei suoi genitori. L'avevo lasciata nella zona pranzo del suo appartamento e non mi ero mai avventurato nella sua camera. I suoi genitori stavano trasferendosi in una casa più piccola e svuotando in parte la loro prima di metterla in vendita. L'avevo aiutata anche a trasferire una scrivania Stickley con la sua sedia nella zona pranzo, in modo che avesse un posto tutto suo dove scrivere.

Audrey alza le coperte. «Vieni.»

Esito. Non sono mai stato a letto con una donna solo per dormire. E mentirei se dicessi che non stavo pensando a questo momento da tanto tempo. Una parte di me sapeva che, se l'avessi fatto, avrebbe dovuto essere quando il momento era giusto per entrambi di pensare a qualcosa di permanente. Audrey è troppo speciale per fare sesso con lei e andarsene.

Mi metto sotto le coperte con il sangue che scorre veloce nelle vene. Audrey si gira sul fianco, guardandomi e si rannicchia contro il mio petto. Okay, non è così male. C'è ancora spazio tra le zone che contano. Le metto un braccio intorno e lei sospira.

Fisso oltre la sua testa, completamente sveglio. Per quanto tempo devo tenerla abbracciata? Finché si sarà addormentata? Tutta la notte?

Passano lunghi momenti. Finalmente Audrey si gira sull'altro fianco, allunga indietro la mano, mi prende il braccio e se lo avvolge intorno alla vita. Mi appoggio a lei, sorpreso di quanto stiamo bene insieme. Mi rilasso. Non è così male.

Audrey si sposta per mettersi più comoda e adesso sono io quello scomodo. Eccitato e premuto contro il suo sederino sodo. È esattamente la tortura che mi aspettavo.

Conto all'indietro da cento, cercando di distrarmi dal desiderio crescente.

Qualche minuto dopo il mio soldatino è completamente sull'attenti. Audrey è molto silenziosa e immobile. Rischio un'occhiata. Sta dormendo.

Non voglio andarmene subito, le ho dato un po' di pace. È un dono. Resterò qui solo per un'altra ora e poi me ne andrò. Non mi permetterò di addormentarmi, rischiando un incubo. Sono sempre flashback della guerra e mi sveglio combattendo. Non posso rischiare di farle del male.

Audrey

Mi sveglio la mattina dopo con la sensazione sorprendente di un braccio maschile intorno a me. Sono appoggiata sulla pancia. Guardo e vedo Drew che dorme profondamente nel mio letto. Mi torna in mente in un lampo la sera prima: il mio dolore, la mia profonda solitudine. Drew ha passato tutta la notte abbracciato a me solo perché gliel'ho chiesto. Mi chiedo se l'abbia mai fatto prima. Non a tutti gli uomini piace fare le coccole.

Scendo dal letto, uso il bagno e vado in cucina per prendere un bicchiere d'acqua. Sono così disidratata dopo tutto quel piangere. Giuro di aver pianto un vero fiume di lacrime. Guardo dietro l'angolo del muretto basso della cucina, quasi aspettandomi che appaia Cinder. Ci vorrà un po' prima che mi abitui a vivere da sola. Era la mia compagna di stanza pelosa e la mia confidente.

Quando torno in camera, Drew è sveglio e sembra disorientato.

Mi siedo sul letto accanto a lui. «Sembra che ti sia addormentato durante la lunga sessione di coccole. Grazie. Mi sento molto meglio dopo una bella notte di sonno.»

«Non riesco a credere di essermi addormentato così presto.»

«Probabilmente ne avevi bisogno. Non hai detto che soffri d'insonnia?»

«Sì. Dormo, ma ci vuole molto per addormentarmi e poi...»

«Incubi?»

«Non tutte le notti. Stanotte non li ho avuti.»

Sorrido e gli tolgo una ciocca di capelli dalla fronte, sentendomi tutta calda e commossa. «Ne sono lieta.»

Drew mi prende la mano e bacia il palmo. «Abbiamo fatto pace? Mi hai perdonato?»

È così ansioso di avere il mio perdono, ma non è così semplice. Sospiro. «È difficile dimenticare il mio sogno prima ancora che avesse la possibilità di avverarsi. Mi sono sentita derubata.»

Annuisce, sembrando rassegnato.

«Ma non ho intenzione di ignorarti. Ci sei stato per me quando ne avevo bisogno di più. Ho solo bisogno di un po' di tempo.»

«Capisco. Allora. Non ho classi di karate fino alle tre oggi pomeriggio se vuoi che resti.»

«Sarebbe bello. Prenderò un giorno di ferie. Avrei dovuto farlo ieri, ma era troppo difficile restare a casa da sola.»

«Hai uno spazzolino da denti in più?»

Sorrido. «Sì. Sotto il lavandino, c'è un cestino con spazzolini da denti e filo interdentale.»

Drew si mette seduto e mi bacia la fronte prima di accarezzarmi la guancia. Lo guardo negli occhi, colpita dal loro calore, come se mi avesse permesso di arrivare a un altro grado di intimità.

Scende dal letto e va in bagno.

Mmm... Siamo qui entrambi per un po' e c'è una cosa che voglio fare con lui da tanto tempo. *Boom-chicka-wow-wow.* Sorrido tra me e me e chiamo la biblioteca, lasciando un messaggio per la mia assistente. Ora devo preparare la scena per la seduzione.

Innanzitutto rifaccio il letto in modo che sembri invitante, poi cerco i preservativi nel cassetto del comodino. Ah. Ce n'è una striscia dietro i numerosi taccuini che ho riempito di appunti di notte quando mi venivano idee per il mio libro. Sospiro. Il mio libro. *Non pensarci proprio adesso!*

Vado alla cassettiera, cercando qualcosa di sexy. Gli erano piaciuti il reggiseno e le mutandine di pizzo. Ho ancora quel négligé bordato di pizzo nero? L'avevo comprato quando avevo cominciato ad accettare gli appuntamenti online, sperando di usarlo. Sfortunatamente, nessuno degli uomini aveva superato il primo appuntamento, quindi non ne avevo mai avuto l'occasione. Che incubo quegli appuntamenti! Ooh, e posso abbinarlo alle mutandine di pizzo nero. Ora, dove sono? Di solito tengo tutti i reggiseni e le mutandine appaiati nel cassetto. Devono essere nel cesto.

Mi accuccio per guardare in fondo al cassetto, sperando che ci sia qualcosa di sexy nascosto lì. Chiamatemi strana, ma quando mi piace qualcosa, spesso ne compro due, nel caso smettano di produrlo.

«Ehi» dice Drew, spaventandomi a morte. Ricado rovinosamente sul pavimento. Sexy...

«Ti ha mai detto nessuno che sei silenzioso come un ninja?»

Drew mi raccoglie dal pavimento e mi rimette in piedi. «In parte è addestramento, in parte è naturale. Ho detto "ehi" proprio per non sorprenderti.»

Mi liscio i capelli, non sono abituata a essere maneggiata in quel modo. Immagino che ora che si sente a suo agio a toccarmi, cerchi di farlo tutte le volte che può. Non so come mi sento al riguardo. Mi piace quando mi tocca, ma un comportamento serio è sempre stato la mia base fondante. Lui sta scuotendo queste fondamenta. Più o meno come un terremoto.

«Quel pigiama di seta è così sexy» dice in tono di apprezzamento, guardandomi dalla testa ai piedi.

Faccio scivolare la mano sul tessuto morbido. «Davvero? Stavo frugando nel mio cassetto, cercando qualcosa di sexy per sorprenderti.»

Inarca un sopracciglio. «Davvero?»

«Sì. Ho trovato un négligé di pizzo nero e stavo cercando di abbinarlo... Oh!» Mi ha appena attirato contro il suo corpo muscoloso.

«Mi piace questo pigiama. Mi fa venire voglia di togliertelo e vedere che cosa nascondi sotto.»

«Ooh» dico respirando a fatica.

Drew mi prende il volto nelle mani. «Non ti merito, ma ti desidero comunque.»

«Tu mi meriti.»

Mi bacia teneramente e quasi svengo. Ci sono due lati in Drew: tenero e burbero e mi piacciono entrambi. Mi passa le mani su tutto il corpo, accarezzandomi sopra la seta del mio pigiama mentre mi bacia fino a farmi perdere i sensi. Sto fremendo. Poi arriva il calore ogni volta che le sue mani accarezzano le mie spalle, i fianchi, la schiena.

Drew interrompe il bacio e mi prende in braccio. Non strillo nemmeno. Mi aspettavo che a un certo punto mi prendesse in braccio. Oh, è così romantico. Mi porta a letto, tira indietro la trapunta e mi appoggia dolcemente in mezzo.

«Dovresti toglierti i vestiti» gli dico.

«Prima tu.»

Comincio a slacciare la parte sopra, ma Drew mi respinge le mani. «Lo farò io. Tu stai sdraiata e goditelo.»

«Voglio vederti e toccarti anch'io.»

«Lo farai, ma non subito.»

Allungo la mano verso la camicia di cotone e lui si tira indietro. «Devo legarti al letto?»

Spalanco gli occhi. «Lo faresti davvero?» Il mio polso accelera. «L'hai mai fatto?»

«Mi piace essere al comando.»

Apro le labbra e l'adrenalina scorre.

«In effetti, *ho bisogno* di essere al comando, altrimenti subentra il mio riflesso difensivo. Non voglio farti del male.»

Allargo le braccia. «Resterò qui sdraiata e me lo godrò.»

«Brava ragazza» mi mormora all'orecchio. Sento un brivido percorrermi la schiena.

I suoi occhi sono scuri mentre è allungato sopra di me un momento prima di baciarmi famelico. Mi sento sprofondare e la pressione in basso mi fa aprire le gambe, invitandolo. Lui mi bacia lungo la mandibola, il collo, la clavicola, suscitando sensazioni elettriche quando il suo velo di barba mi graffia, e la sua lingua segue, lenendo il lieve bruciore. Burbero e tenero. Non sono mai stata così eccitata.

Mi slaccia la camicia e l'allarga, guardandomi come se volesse divorarmi. Rabbrividisco. Me la sfila e la getta da parte. Poi bacia ogni centimetro di pelle dalla spalla al seno, dove si attarda, succhiando piano il capezzolo. Sobbalzo, con i fianchi che si inarcano. Drew passa la mano sotto la cintura del pigiama mentre si sposta sull'altro seno, riservandogli la stessa attenzione mentre le sue dita si fanno strada sotto le mutandine. Risucchio il fiato quando mi tocca.

«Sì» ringhia. «Sei così bagnata.»

«Sono così eccitata.»

Mi toglie in un colpo solo i pantaloni e le mutandine, abbassandoli lungo il corpo e si mette le mie gambe sulle spalle prima di dare una lunga leccata, facendomi ansimare.

Mi bacia teneramente, stuzzicandomi intorno al centro del piacere mentre infila le dita dentro di me. Emetto dei suoni che non ho mai fatto in vita mia mentre lui continua la sua dolce tortura con le labbra, la lingua e i denti. Le sue dita si spostano e grido, sbalordita dall'intensità. Lui continua, leccandomi, addolcendo i movimenti mentre continua a fare la magia con le dita. Sento la pressione che sale. *Oh Dio.*

Respiro affannosamente, persa in una febbre di sensazioni. È troppo. Gli afferro la testa, senza sapere se sto cercando di tirarlo via o tenerlo lì, ma non importa, perché non si ferma. Gemo impotente, bloccata dalle sue mani, aperta per lui. E poi Drew succhia mentre le dita strofinano il posto segreto dentro e mi colpisce un'esplosione di sensazioni che mi scuote fino in fondo. Giuro che vedo le stelle.

Drew rallenta i movimenti, accompagnandomi in un'ondata dopo l'altra di piacere. Mi affloscio, esausta. Si toglie piano le mie gambe tremanti dalle spalle e le appoggia sul letto.

Mi sfiora lo stomaco con la bocca e i miei muscoli si contraggono alla sensazione inaspettata. Risale sul mio corpo, continuando a baciarmi, prima di prendere in bocca un capezzolo. Gemo piano e a lungo, col desiderio che ricomincia insistente. Drew mi mette la mano sul sesso e grido. È così sensibile. Lui continua a premere mentre passa all'altro seno, succhiando mentre gemo con i fianchi che si alzano contro la sua mano.

Si sposta ancora più in alto, accarezzandomi i seni mentre mi bacia e mordicchia lungo i tendini del collo, procurandomi un'altra marea di sensazioni. Il mio respiro accelera. Poi arriva alla bocca e mi bacia teneramente. Gli afferro la testa, baciandolo appassionatamente. Ho bisogno di lui come del mio prossimo respiro. Disperatamente.

Drew interrompe il bacio con la mano che si ferma per un momento sulla vena che batte nel collo. Il suo respiro diventa aspro. «Mi vuoi dentro di te?»

«Dio, sì!»

Drew si spoglia e afferra un preservativo dal comodino.

Allungo la mano verso di lui mentre si sistema tra le mie gambe. Mi bacia teneramente su tutto il volto prima di guardarmi negli occhi e guidarsi dentro, dandomi il tempo di abituarmi a lui. La pressione sale mentre il mio corpo si distende per fargli posto.

«È passato un po' per te?» mi chiede.

«Troppo.»

«Mi piace la sensazione che mi dai.» Si spinge fino in fondo e comincia a muoversi prima che mi abitui alla pressione incredibile. Ogni spinta aumenta il fuoco di quello che promette di essere un altro orgasmo esplosivo. E non ho mai avuto più di un orgasmo.

Mi prende le gambe e le solleva contro il suo petto, aprendomi a lui. «Stai pensando. Accetta le sensazioni.» Lui dà un'altra spinta e ansimo. L'intensità aumenta mentre continua, strofinando il mio punto G.

«Sto sentendo fin troppo» dico ansimando. «Troppo.»

«Mai troppo. Mi piace vedere il piacere sulla tua faccia.»

Lui si muove e si strofina, quasi facendomi mancare. A ogni spinta provo una fitta di piacere che aumenta, aumenta. Affondo le unghie nelle sue spalle e poi vengo travolta dall'orgasmo. Lo sento appena mentre mi loda prima di cominciare a spingere più forte, più in fretta. Tutto ciò che posso fare è accettarlo. Drew tira indietro la testa con un gemito gutturale travolto dal suo piacere.

Non crolla addosso a me come altri uomini. Invece mi abbassa le gambe e mi bacia dolcemente, senza pesarmi addosso.

Sospiro. Ecco. Mi ha ufficialmente rovinato per ogni altro uomo.

Drew mi passa il naso sul collo e poi respira a fondo. Si sposta all'orecchio. «Stai bene?»

«Sto fantasticamente bene.»

Lui ridacchia, un suono di profonda soddisfazione maschile. La merita perché anch'io ho ricevuto un bel po' di profonda soddisfazione femminile.

Gli passo le dita tra i capelli morbidi. «Di solito fai le coccole a letto?»

«Mai.»

Non riesco a evitare di sorridere.

Drew si gira sul fianco e mi accarezza il braccio, facendomi venire la pelle d'oca. Come se non volesse smettere di toccarmi. «Non ti ci abituare.»

«No, tranquillo.»

Mi sorride e il mio cuore salta un battito. È rilassato, ha abbassato le difese. È il Drew che ho sempre saputo che c'era. Vorrei vuotare il sacco e dirgli tutto ciò che provo. *Ti amo! Ti ho sempre amato.* Ma mi trattengo. Questo nuovo legame sembra essere fragile. E ho bisogno di tempo per fidarmi nuovamente di lui dopo quello che ha fatto, pur con le migliori intenzioni del mondo. Non posso permettere all'euforia del sesso di annebbiare il mio giudizio.

Ma mi sento così bene adesso. E desidero Drew da sempre. Finalmente è mio. Continuerò a godermi questa sensazione di fluttuante e delirante felicità.

«È stato meraviglioso» dico.

Lui mi mette i capelli dietro l'orecchio. «Sì, ed è stato solo l'inizio.»

«Sì» dico con la voce sospirosa. Sono in paradiso e galleggio su una nuvola di felicità.

Drew si mette diritto. «Non manco una corsa mattutina da anni. Ti dispiace se vado a correre?»

Ingoio il dolore. Gli piace mantenersi in forma. Non significa che si stia tirando indietro, giusto? Si è preso il tempo per chiederlo e considerare i miei sentimenti.

«Oppure potresti venire a correre con me» aggiunge con un'espressione divertita. Sa che non sono un tipo che ama correre.

«Vai avanti tu.»

Mi bacia. «Ci vediamo.»

Lo guardo mentre va in bagno e poi si riveste a rotta di collo e si precipita fuori dalla porta. Ricado sul letto, dicendomi di non pensare troppo al fatto che se n'è andato con tanta fretta.

Poi ricordo come mi abbia tenuta abbracciata tutta la notte e il piacere che mi ha dato e mi rilasso. Non deve essere perfetto per essere bello. Va bene così. Tutto è meraviglioso, veramente. Mi rifiuto di permettere anche a un briciolo di dubbio di rovinare questo fantastico momento.

10

Drew

Non sto andando fuori di testa. Solo perché ho avuto bisogno di spazio e in fretta non significa che non sia in grado di affrontare una relazione. Per queste cose ci vuole tempo. Faccio un po' di riscaldamento prima di mettermi a correre forte.

Solo perché sembra pericoloso lasciare avvicinare qualcuno non significa che io abbia un problema. La gente a cui mi avvicino muore. Il mio respiro accelera e mi copro di sudore. Due dei miei migliori amici nell'Esercito sono morti sotto il mio comando.

Ho trovato papà crollato in cucina, con gli occhi senza vita che mi fissavano sbalorditi.

La mamma nella bara aperta quando ero ancora un adolescente.

Mi fermo, piegandomi mentre cerco di riportare il respiro sotto controllo. Quando mi sento più stabile continuo, col corpo abituato al duro esercizio fisico. *È tutto nel passato, è il passato.*

Faccio un giro intorno al lago zigzagando nelle solite strade laterali. È stato bello tra di noi. Dovrei essere convinto al cento percento. Audrey è perfino vicina a perdonarmi.

Allora perché mi sembra di non riuscire a correre abbastanza forte, abbastanza lontano?

Quando finisco la corsa mi sento meglio, non così chiuso in me stesso. Non è colpa di Audrey se non sono abituato alle relazioni. Voglio che funzioni. Grazie a Dio Audrey non mi ha mai visto in preda a un incubo. Non è una cosa che voglio che qualcuno veda. Finora non è successo, vivo da solo e non passo mai la notte con una donna. Normalmente me ne vado subito dopo l'atto, ma va bene così, perché sono chiaro fin dall'inizio che si tratta solo di una cosa casuale, quindi non ci sono sentimenti feriti.

Probabilmente non dovrei passare qui di nuovo la notte, per la sua sicurezza. Dovrò trovare una scusa. Ma poi penserà che ci sia qualcosa che non va in me perché ho già passato qui la notte una volta. E se le spiego degli incubi e della mia preoccupazione per la sua sicurezza, penserà veramente che ci sia qualcosa che non va in me. Okay, so come aggirare il problema.

Rallento, pensando ad Audrey. Le cose si complicano quando c'è un'altra persona in mezzo. Una donna dolce e gentile che merita di essere trattata come una regina.

Una vecchia Toyota Corolla rallenta dal lato opposto della strada e il finestrino si abbassa. «Buongiorno, Drew!»

Sorrido alla signora Ellis, alias il mio personale Generale Cupido, e mi chino verso di lei per salutarla. «Come sta?»

«Bene. Come funziona finora il mio piano?»

Mi tolgo i capelli sudati dalla faccia. «Audrey ha trovato il piano nella tasca della mia giacca.»

«Oh no! Non avrebbe dovuto vedere dietro il grande mago.»

Piego la testa di lato, non so esattamente che cosa signifchi.

Lei fa un gesto indifferente. «Dietro la tenda di Oz. Hai visto *Il Mago di Oz*, vero?»

«No. Dovrei essere il grande mago?»

Lei scuote la testa con gli occhi castani che scintillano. «Il mago sono io, visto che ho formulato il piano. Come ha reagito sapendo che stavi seguendo un piano?»

«Beh, non le ho detto che era il piano del grande mago.» Lei scoppia a ridere e io sorrido. «Solo il fatto che avessi un piano sembrava farla felice.»

«Perfetto! È accomodante e sospetto che sia pronta per il prossimo passo nella relazione. Allora, quand'è la grande proposta?»

Mi allargo il colletto della t-shirt che di colpo sembra mi stia soffocando. «Non lo so. Siamo solo all'inizio.» *E mi sono precipitato fuori dopo una notte nel suo letto.*

«Drew? Che cosa c'è che non va?»

Scuoto la testa e mi concentro di nuovo sulla sua faccia severa e in qualche modo confortante. «Niente.»

«Sembra che tu abbia visto un fantasma.»

Do un colpetto al tettuccio della sua auto. «Devo fare una doccia e cambiarmi.»

«Devo parlare con Audrey?»

«No! Cioè, voglio dire, no, grazie. Ci penso io. È libera di passare al prossimo single in città.»

Lei fa una smorfia. «Temo di avere finito i single. Potrebbe essere ora di trovarmi un altro hobby. Pensi che in città ci sia bisogno di qualcuno che faccia ritratti ai cani? Sto frequentando un corso di pittura al centro ricreativo a Eastman e l'istruttore ha detto che ho un dono per il realismo.»

«Sicuramente. La gente qui adora i suoi cani. Probabilmente farebbe una fortuna.»

«Oh no. I ritratti sarebbero un dono. La parte più difficile sarebbe sorprendere i proprietari. Dovrò trovare un modo per fare in modo che i cani posino per me in segreto.»

Le do un'occhiata preoccupata. «Intende dire che vuole rapire i cani?»

«Ah! Intendo dire creare arte come dono.» Smette di parlare e sembra un po' furtiva. «Solo non dirlo a Eli.» È uno dei miei fratelli minori, il capo della polizia qui a Summerdale.

Beh, voglio che interferisca con Audrey o che rapisca dei

cani per farli posare davanti a un cavalletto, per realizzare futuri capolavori artistici?

«Non dirò una parola.»

Lei annuisce una volta e si allontana a passo di lumaca. Io continuo verso casa, riflettendo. Ci sono due cose in questa relazione che la rendono difficile: uno è il mio disagio con la vicinanza, l'altro è che Audrey fraintende le mie parole (o il mio silenzio) reputandoli una cosa negativa. Non so come sistemare il primo problema. Aiutare Audrey ad abituarsi al mio modo di comunicare sembra più facile. A quel punto saremmo a metà strada.

Sospiro di sollievo. È molto più facile sistemare i problemi di Audrey. Non che io abbia un problema. Sono sicuro che la vicinanza sembrerà più naturale con il passare del tempo.

Dopo aver fatto la doccia ed essermi cambiato a casa mia, vado a casa di Adam e suono il campanello anche se conosco il codice per passare dal garage. Adam e io curiamo l'uno la casa dell'altro e io mi prendo cura dei suoi animali domestici se ha bisogno di allontanarsi per un po'. Adam è riservato come me e sua moglie, Kayla, è entusiasta di lui. Parlerò con lui del problema di Audrey.

Kayla apre la porta con un grande sorriso. «Buongiorno! Entra.» Kayla è adorabile, con capelli castano scuro e grandi occhi marrone chiaro.

Entro e mi guardo intorno. C'è silenzio, Tank, il loro bulldog inglese, alza appena la testa da dove sta facendo un pisolino al sole prima di richiudere gli occhi e tornare a dormire.

«Adam è andato a fare la spesa e il bambino sta dormendo» mi dice. «Posso offrirti qualcosa da bere?»

«No, grazie. Come va Benjamin?»

«Oh, è meraviglioso. Mangia, dorme ed è dolcissimo. Ha il carattere tranquillo di Adam. Prende il mondo come viene.»

Kayla ha partorito meno di due settimane fa e sembra essersi completamente ripresa. Non è stato lo stesso per mia sorella Sydney. Le ci erano voluti tre mesi per tornare a comportarsi come un essere umano. Non è stata colpa sua. La piccola Quinn aveva le coliche ed era spesso sveglia e urlante, giorno e notte.

Mi dondolo sui piedi. «Sono passato per parlare di una cosa a Adam.»

«Okay, gli dirò che sei passato.»

Faccio un passo indietro, ma una parte di me vuole sapere come far funzionare il mio rapporto. Per il bene di Audrey.

«Audrey e io stiamo insieme» dico.

Kayla sorride felice. «È meraviglioso, Drew! Sono così felice per entrambi.»

Mi avvicino. «C'è solo il fatto che Audrey sembra offendersi facilmente perché sono un tipo silenzioso. Sai, come Adam.»

«Sì, è una cosa che avete in comune.»

«Allora, come mai tu non ti offendi perché è piuttosto silenzioso?»

«Non ti dispiace se ci sediamo? Cerco di riposare quando il bambino dorme.»

Alzo una mano. «Me ne vado. Vai a riposare.»

«No, non te ne devi andare. Vieni, siediti.» Si siede sul divano e batte sul cuscino vicino a lei.

Mi siedo. «Sembra che tu sia piuttosto felice con Adam.»

«Oh sì, Adam è meraviglioso.»

«Quindi tu non ti offendi mai perché non è, diciamo, molto loquace?»

Kayla scuote la testa. «Ma non preoccuparti per te e Audrey. Ci vuole tempo per imparare il linguaggio reciproco. Adam e io siamo stati amici per mesi prima di metterci insieme.»

«Anche Audrey e io abbiamo passato tantissimo tempo come amici negli ultimi mesi. Non sembra che ci aiuti.» Forse significa che non ce la faremo a restare insieme per sempre. Allora perché voglio sempre sapere se sta bene? Perché la desidero tanto da quando si era rialzata il vestito sulla gamba nuda per mostrarmi che non portava le mutandine? Col senno del poi, avrei dovuto restare finché non avesse finito. Ero rimasto lì, scioccato, e poi lei era scappata. Beh, ero uscito dalla cucina, cercando di controllare il desiderio folle di afferrarla proprio lì alla festa e fare cose sconce con lei, ma poi era scappata.

Kayla alza una spalla. «Forse hai bisogno di esprimerti in modo un pochino più chiaro?»

«Che cosa fa Adam che lo rende così chiaro?»

Lei guarda il soffitto, come se stesse riflettendo. «Eccoti un esempio. A volte parla in modo conciso. Dice: "Amore. Dormi" e significa che mi ama e che l'ho esaurito e quindi ha bisogno di dormire.»

Spalanco gli occhi. È un po' personale. Sembra una conversazione post-coito.

Lei continua. «Oppure, se alza il mento verso di me, è il suo modo di dire: *prego, non ci sono problemi.*» Alza un dito. «Oh, e se gli piace il mio vestito e deglutisce in modo visibile, quello è il suo modo per dire *bel vestito*. Visto? Io parlo il linguaggio di Adam, perché siamo grandi amici.»

Mi strofino la fronte. Sembra che Audrey debba imparare a parlare il linguaggio di Drew. Come se fosse un'altra lingua. Non so come insegnarglielo.

Come fa Kayla a sapere che è esattamente quello che intende dire Adam quando lo traduce?

Lei continua allegramente. «Se dico qualcosa di sexy, non risponde quasi mai. Invece mi tocca, per farmi capire che ci sta.»

Chiaramente a Kayla piace chiacchierare e rivelare tutto.

Alzo una mano. «Sai...»

«All'inizio a Adam non piaceva fare le coccole, ma a me sì, quindi si è detto d'accordo, purché siamo nudi. A volte le relazioni richiedono di dire che cosa volete entrambi e trovare un compromesso.»

Faccio una smorfia al coccolarsi nudi e mi concentro sulla parte importante. Dirò ad Audrey di dirmi che cosa vuole e lo farò. Resta però l'enigma di come farà a capirmi nel modo giusto.

Kayla sorride serenamente. «Sono sicura che, col tempo, tu e Audrey arriverete a essere sulla stessa lunghezza d'onda.

Continuate a parlare e dille di cercare di entrare in sintonia con il linguaggio del tuo corpo. Con Adam è importantissimo e scommetto che è la stessa cosa per te, dato che siete così simili.»

Si apre la porta del garage. Bene, Adam è a casa. Adesso posso andarmene prima di conoscere altri particolari della loro vita sessuale. Mi alzo.

«Drew è qui per parlare con te della sua relazione con Audrey» gli dice.

«In effetti stavo giusto per andarmene» dico.

Adam entra in soggiorno. Mi assomiglia, capelli e occhi castani, snello e muscoloso. «Stai con Audrey, adesso?»

«Già.»

Kayla mi indica. «Si preoccupa che lei non stia interpretando i suoi segnali e anche per via della sua natura silenziosa.»

Adam le rivolge il sorriso più ridicolo da innamorato prima di rivolgersi a me. «Kayla pensa sempre il meglio di me.»

«Mi chiedevo se le sue interpretazioni fossero corrette» dico.

«Certo che sono giuste!» esclama Kayla. «Conosco Adam. È generoso e caloroso. È il suo modo d'essere. Come quando ci siamo fidanzati e io ho preso le t-shirt con Sposa e Sposo. Ha portato la sua maglietta con fierezza e ha detto che adorava il modo in cui io festeggiavo tutto quello che facevamo come coppia.»

Adam grugnisce.

Kayla lo indica col dito. «Quello era il modo di Adam di dire *lo ricordo e sono d'accordo*.»

Cerco di non sorridere. Quelle ridicole t-shirt erano apparse in molte occasioni durante il loro fidanzamento, la cena di prova prima della cerimonia nuziale e durante la loro luna di miele. Mi sentivo male per lui perché la doveva indossare. Potrei aver sogghignato.

Adam la bacia. «È giusto. Vado a ritirare la spesa.» Si volta verso di me. «Resti?»

«Torno a casa di Audrey prima di andare a lavorare.»

«Era ora, fratello» mi dice prima di andare in cucina.

Kayla mi sorride. «Spero di esserti stata di aiuto.»

«Immagino di dover dare ad Audrey la chiave per tradurre il linguaggio di Drew.»

Kayla scoppia a ridere. «Sciocco! La saprà intuitivamente quando saprà come sei dentro.»

Me ne vado, lieto di avere una soluzione semplice al problema che ha Audrey con la nostra relazione perché ovviamente non so come risolvere il mio. Avvicinarmi ad Audrey senza che le pareti si chiudano su di me va ben oltre le capacità del Generale Cupido. Spero solo che non sia una causa persa.

~

Audrey

«Chi sono io veramente?» mi chiede Drew.

Sbatto gli occhi, confusa. È tornato nel mio appartamento, fresco di doccia e dopo essersi cambiato ed ero così entusiasta di vederlo perché significava che per lui io non ero solo una botta e via. Pensavo che saremmo tornati direttamente a letto. Invece mi sta facendo domande indiscrete delle quali non sono sicura di avere le risposte. Mi ha anche chiesto se capisco il linguaggio del corpo maschile. Uhm. Forse? Capisco che questo maschio non ha intenzione di sedurmi.

Mi fissa per un lungo momento. «È importante che tu sappia chi sono veramente, in modo che non ti offenda per qualcosa che dico o non dico e poi tenere il muso.»

«Io non tengo il muso.»

«In passato lo hai fatto. Ora che siamo in buoni rapporti, voglio che le cose restino così.» Lui infila un dito nel passante della cintura dei miei jeans e mi tira verso di lui. *Così va meglio.*

Gli sorrido.

Lui resta serio, fissandomi negli occhi. «Quella è la chiave per tradurre il linguaggio di Drew perché non ho mai voluto offenderti o umiliarti.»

Sorrido e gli metto la mano sul cuore. «Penso che tu sia una brava persona.»

«No, è più di quello, devi sapere molto più di me per potermi capire.»

Gli metto le braccia intorno alla vita. «Okay, dimmi quello che devo sapere.»

«Sono molto fisico.»

Sorrido. «Lo sto capendo.»

«Bene. Quindi, se non dico niente ma ti tocco, quella è la tua risposta. Per esempio, se tu volessi provare qualcosa di diverso a letto, probabilmente mi limiterei ad afferrarti per dire che sono d'accordo.»

Non riesco a non sorridere. «E questo da dove viene?»

«Adam e Kayla vanno molto d'accordo. È perché Kayla capisce il linguaggio di Adam. Dice che una volta che saremo ottimi amici lo capirai anche tu, ma non posso aspettare tanto, quindi adesso ti dico delle cose.»

Gli prendo la mano e lo guido verso il divano. «Hai parlato a Kayla di noi?»

«Sì, mi sono fermato mentre venivo qui, ma Adam non era in casa, quindi Kayla mi ha detto delle cose.»

Mi rimangio una risata. «Ne sono sicura.» Kayla è una vera chiacchierona. Ha tenuto noi amiche al corrente sulla sua vita sessuale con Adam, quando pensava che lui stesse procedendo con troppa calma. E abbiamo saputo tutto anche quando le cose sono andate per il verso giusto.

«Probabilmente troppo, ma immagino che sia meglio che non abbastanza. Io grugnisco?»

Non riesco a non ridere. «Non che abbia notato.»

«Oh, perché anche quello può significare qualcosa.» Aggrotta le sopracciglia. «E non parlo in modo troppo conciso.»

«No, di solito formuli frasi complete.»

Lui annuisce, con le sopracciglia aggrottate. «Kayla dice

che devi entrare in sintonia con il linguaggio del mio corpo. È per questo che te ne ho parlato prima.»

Gli passo le mani sul petto e sulle spalle. «Mi piacerebbe.»

Drew mi accarezza i capelli. «Comincio a pensare che Adam e io non siamo simili quanto pensassi.»

«Siete entrambi più uomini di azione che di parole.»

«Sì.»

Lo bacio risalendo fino al collo e gli sussurro all'orecchio: «Allora mostrami un po' di azione».

Mi rivolge un sorriso sexy prima di appoggiare le labbra sulle mie.

11

Sono al lavoro, seduta sul bordo della sedia e guardo l'orologio, aspettando di sentire com'è andato l'incontro di Eve con Claire Jordan. Il contratto per un film è la mia ultima speranza. E, sì, sto veramente cercando di superare ciò che ha fatto Drew, inviando il mio libro agli agenti senza che lo sapessi. Continuo a ripetermi che le sue intenzioni erano buone.

Suona il mio telefono e sobbalzo. *È Eve!*

Faccio un respiro profondo e rispondo con la voce calma e professionale. «Ciao, Eve, come stai?»

«Sto bene, grazie. Arriverò direttamente al punto. Claire non ha voluto acquistare i diritti per il film.»

Mi sento stringere lo stomaco. La sua voce svanisce in sottofondo mentre guardo nel vuoto. Il mio libro è ufficialmente morto. Il mio cuore, la mia vera anima riversati nelle pagine. Andati. Puf. Un uomo maldestro ha dato inizio alla rovina, completata da una produttrice/attrice che non ho mai conosciuto ma che ammiro da anni.

Ovvio che non abbia funzionato. Tutti gli agenti lo hanno rifiutato per un buon motivo. Perché Claire Jordan avrebbe voluto investire milioni facendone un film?

Mi cadono le spalle. «Okay, grazie per avermelo fatto sapere.» La mia voce sembra debole alle mie stesse orecchie.

«Vuoi che continui a tentare?»

«Pensavo avesse detto di no.»

«Non hai sentito che cos'ho detto?»

Mi asciugo una lacrima e ingoio il groppo di emozione che ho conficcato in gola. Crollerò da un momento all'altro. «Scusami.» La mia voce si spezza e mi copro la bocca, cercando di reprimere un singhiozzo.

«Ho detto che credo ancora in questo progetto. Claire non ne vedeva la commerciabilità. Al giorno d'oggi, le cose vanno fatte in grande, altrimenti si perdono un mucchio di soldi e la sua società di produzione non può correre il rischio. Se il libro avesse già un pubblico di lettori sarebbe diverso. Comunque, se a te sta bene, posso chiedere alla mia agente di provare con alcuni dei produttori che conosce. Potrebbero non essere dello stesso parere di Claire.»

«Lo apprezzo, ma no. Sono già bruciata con gli agenti letterari; non voglio che succeda anche con i produttori. Sinceramente non credo di poter sopportare un altro rifiuto.» Mi sono fatta inoltrare da Drew tutte le e-mail di rifiuto, anche se tutte dicevano la stessa cosa. Lettere standard. Solo una sembrava personale, quella che mi chiedeva di leggere il mio prossimo libro. Ma non me la sento di scrivere un altro libro.

Lascio cadere la testa nelle mani. *Libro morto. Sogno morto. S-c-h-i-f-o.*

«Basta un solo sì» dice Eve.

Appoggio la testa su una mano e fisso la mia scrivania senza vederla. «Non ce la faccio.»

«Hai mai preso in considerazione l'autopubblicazione? Potresti costruirti una base di lettori in quel modo. Poi sarebbe più facile ottenere una risposta positiva da un produttore.»

Sembra tutto così logico, ma tutto ciò a cui riesco a pensare sono i miei sogni di essere pubblicata, della grande presentazione, il tour, vedere il mio libro sugli scaffali della mia libreria preferita, Book It. Una parte di me aveva il sogno di essere una grande bestseller. Forse sognavo troppo in grande, ma era il *mio* sogno. L'unico che ho mai avuto.

L'unico per cui ho lavorato così duramente. Due anni sprecati.

«Pensaci, okay?» mi invita Eve.

«Okay.»

«Ci sentiremo presto. Ciao.»

La saluto e chiudo la telefonata. Poi esco dal mio ufficio e dalla biblioteca. È un fresco giovedì di marzo e sento un brivido. Vado all'Horseman Inn dall'altra parte della strada, pensando se sia il caso di vedere se c'è Sydney per sfogarmi con lei, ma non voglio che dica a suo fratello Drew che ha rovinato i miei sogni, anche se sembra che sia ciò che è successo. Avrei potuto avere una chance se avessi inviato io la versione rivista e corretta del libro. Non posso nemmeno andare da Jenna, visto che è sposata con il fratello di Drew, Eli. Accidenti, sono circondata dai Robinson.

Un pick-up rallenta accanto a me e il finestrino si abbassa. Drew si china verso di me. «Dov'è la giacca?»

Apro la portiera e salgo sul pick-up caldo senza dire una parola.

«Hai bisogno di un passaggio per andare da qualche parte? Stavo andando al dojo.»

Mi trema il labbro. Maledizione. Sto cercando di comportarmi da adulta e perdonare l'unico uomo che abbia veramente amato. Non tutti riescono a realizzare i propri sogni. Ciò che importa è che avessi un sogno e abbia fatto del mio meglio. Giusto?

Giusto?

Drew mi scosta i capelli dal volto e mi appoggia la mano sulla guancia. «Che cos'è successo?»

«Eve mi ha detto che Claire non vuole acquistare i diritti per il film.»

«Mi dispiace.»

Ringoio un singhiozzo. «È così difficile rinunciare ai miei grandi sogni di essere pubblicata. Volevo vedere il mio libro sugli scaffali al Book It, magari perfino in un aeroporto. E avevo questa fantasia di un grande tour promozionale e la grande presentazione a Manhattan.» Mi si annebbia la vista per le lacrime. «Probabilmente ero influenzata dalla TV e dai libri che ho visto. Non so nemmeno se la gente lo fa nella vita reale.»

«È colpa mia.»

«In parte, ma sto cercando di superarlo.» Mi sfugge una lacrima. «So che le tue intenzioni erano buone.»

«Pensavo che ti stessi aiutando. Vorrei poter tornare indietro e disfare tutto.»

Annuisco. «Lo so. Il fatto è che non ho molti grandi sogni, così è difficile rinunciare a quello. Sai, più che altro sono sempre stata contenta di vivere la vita di una piccola città, circondata dagli amici di una vita e dalla famiglia.»

Drew annuisce.

«Ma le cose cambiano. I miei genitori si trasferiranno presto nel North Carolina, le priorità delle mie amiche sono cambiate, ora si concentrano sulle loro famiglie, e io che cosa sto facendo?»

«Adesso tu stai con me.»

Tiro su col naso. «Sì, ed è bello. Eve dice che dovrei prendere in considerazione l'autopubblicazione, ma non so assolutamente che cosa comporta. Come farlo, come creare una base di lettori. Sembra difficile.»

«Ma se avessi successo, forse Claire ci ripenserebbe riguardo ai diritti per un film.»

«È quello che ha detto Eve. Lei o un altro produttore. Ha detto che la sua agente potrebbe contattarne alcuni per me.»

«Beh, allora c'è questa possibilità.»

Un lungo, tremante sospiro. «Ho riversato il mio cuore e la mia anima in quel libro. Agli agenti non è piaciuto. E se mi auto-pubblicassi e i lettori lo odiassero?»

«Nessuno l'ha odiato. Hanno solo... Non preoccuparti, sistemerò io quel problema.»

«No! Non farlo!»

«Ascoltami, per favore. Se per te va bene, farò delle ricerche sull'autopubblicazione, chiedendo a un mio amico scrittore, imposterò un piano chiaro e poi tutto ciò che dovrai fare sarà cliccare su "pubblica".»

Ci penso. L'idea di perdermi in tutte quelle informazioni da sola non mi attira proprio, nel mio attuale stato emotivo.

Sospiro di nuovo. «Okay, ma non fare niente direttamente con il mio libro. Comunque ne ho una versione migliore che non hai letto. Promettimi che ti informerai e basta, okay?»

Drew mi asciuga le lacrime con i pollici. «Giuro che il libro resterà unicamente nelle tue mani.»

Annuisco, sentendomi un po' meglio. «Immagino che dovrei lasciarti andare a lavorare.»

«Ti riaccompagnerò alla biblioteca e poi andrò. C'è Caleb al dojo, sta finendo una lezione.»

«Okay.» Mi allaccio la cintura di sicurezza. «Mi dispiace di trovare così difficile perdonarti.»

Drew espira bruscamente. «È il motivo per cui dicevo che sei troppo buona per me. Ti stai scusando per qualcosa che ho fatto *io*. Prenditi tutto il tempo che ti serve per perdonarmi. Non te ne farò una colpa. Diavolo, sarei furioso anch'io con me stesso.» Drew fa un'inversione di marcia per tornare alla biblioteca. «Sei libera domani sera?»

«Sì, perché?»

«Vorrei portarti a cena. Che ne dice di Spencer's?»

Sorrido mio malgrado. Non solo è un vero appuntamento, ma Spencer's è il migliore ristorante in città ed è parte della Locanda sul Lovers' Lane. «Mi piacerebbe.»

«Ci sei mai stata?»

«Solo alla locanda, per un ricevimento di nozze. Ho sempre voluto andarci, ma è costoso.»

«Per te ne vale la pena.»

Come potrei non perdonarlo?

Ci arriverò, lo giuro.

Drew

Spencer's è il ristorante di Spencer Wolf. Ho sempre saputo che un giorno avrei voluto provarlo per un'occasione speciale e che cosa ci potrebbe essere di più speciale che cementare la mia relazione con Audrey? Ho parlato con Matt dell'autopubblicazione ed è stato una fantastica fonte di ispirazione, dato che intende farlo lui stesso per il suo prossimo libro. Mi ha perfino dato le informazioni per contattare il suo cover designer e il suo agente pubblicitario. C'è molto di più nell'autopubblicazione di quanto pensassi. Sono entusiasta di poter condividere con Audrey ciò che ho saputo. Significa una chance per il libro. Penso che mi perdonerà se questa strada dovesse funzionare.

Le apro la porta del ristorante, ammirando il suo corpo minuto nell'abitino nero senza maniche e i tacchi alti. Ha lasciato ricadere lo scialle sui gomiti, lasciando in mostra le spalle lisce e le linee delicate del suo collo. I capelli scuri sono raccolti in uno chignon. Vorrei affondare i denti in quel collo. Dolcemente, ovvio.

Mi sorride mentre mi passa accanto. «Grazie.»

Vorrei tirarla contro di me e baciarla fino a stordirla, ma mi trattengo. È un appuntamento, non una mossa per sedurla. Quella arriverà dopo.

Il ristorante è rustico, c'è molto legno e ferro battuto. Sulla sinistra c'è un bar con una fila di sgabelli di pelle nera. Più in là c'è la sala da pranzo, con una bassa illuminazione creata da applique di vetro stinato e tavoli lucidi di legno scuro.

«Mi fa piacere che qui dentro faccia caldo» mi dice. «Non ero sicura se avrei dovuto tenere lo scialle per tutta la sera.»

«Ti avrei dato la mia giacca se avessi avuto freddo.»

Audrey mi mette la mano sul braccio e sorride. Il mio cuore comincia a battere più forte. È quasi come se mi avesse già perdonato. Devo fare di più per guadagnarmelo, però.

Do il mio nome alla receptionist e un momento dopo siamo seduti a un tavolo accanto alle grandi finestre che danno sul retro.

Audrey si guarda attorno. «Wow, tante finestre altissime e lucernari. Scommetto che questa stanza è piena di luce in estate. Dovremmo tornare allora.»

«Non avevi detto di voler assaggiare il cibo prima, per decidere se tornare?»

Lei sbuffa. «È Spencer's. Ho mangiato tantissime volte ciò che cucina lui e anche tu.»

Spencer una volta lavorava all'Horseman Inn, prima di aprire il suo ristorante. Fa anche il catering per i matrimoni alla Locanda sul Lovers' Lane, di proprietà di sua moglie Paige e di sua cognata Brooke. Comunque non sono mai stato nel suo ristorante. Magari è impazzito e serve roba elegante come spuma di bacon e asparagi bianchi caramellati. Una volta ho visto qualcosa di simile in TV. Non che guardi gli show di cucina, ma quella sera non trasmettevano nemmeno una partita.

Guardo il menu. I prezzi sono alti, ma almeno sono cose che mi piacciono. Prenderò la costata di manzo. Do un'occhiata ad Audrey, ricordando un po' in ritardo che dovrei rendere speciale questa serata per lei. Dopotutto è il nostro primo vero appuntamento.

«Sei bellissima» dico.

Lei si liscia i capelli, con le guance che si colorano di rosa. «Grazie, non hai bisogno di continuare a ripeterlo.»

L'ho già detto un paio di volte, quando sono andato a prenderla e quando ho parcheggiato. Il Generale Cupido non mi ha dato un programma per il corteggiamento. Avrebbe dovuto includerlo nel suo piano originale *Invita Audrey a far parte della tua vita.*

«Voglio che ti godi la serata» dico.

Lei mi fa un saluto militare. «Sissignore.»

Immagino che sia suonato più un ordine che una richiesta sincera. Mi chino in avanti. «Dimmi che cosa ti piace fare durante un appuntamento e io lo farò.»

Audrey mi sorride dolcemente. «Sii semplicemente te stesso.»

«Ma a volte quello ti fa arrabbiare.»

«Sto imparando a parlare il linguaggio di Drew.»

«Okay. Bene. Mi sono tuffato nelle ricerche sull'autopubblicazione con l'aiuto di un amico e ho preparato un piano in sei punti per autopubblicarti.» Prendo il telefono per leggerglielo.

Lei ascolta con attenzione mentre le racconto il piano.

«E ho assunto un cover designer che ha preparato qualche bozza. Che ne pensi?» Le mostro i tre esempi.

Lei afferra il mio telefono, passando da una all'altra. «Wow! Non riesco a credere che abbia fatto così in fretta. E anche le copertine!»

«Ho raddoppiato la sua tariffa per fargli fare in fretta.»

Lei fissa le copertine, passando continuamente da uno all'altra.

Tiro verso di me il telefono e vado alla copertina rosso scuro con la donna in mimetica che guarda davanti a sé. «Questa è la mia preferita. Sembra una dura, come il tuo personaggio.»

Audrey annuisce. «È quella che preferisco anch'io.»

«Bene. Ti farò mandare la versione definitiva.» Clicco sull'email e do l'OK al cover designer. Non c'è tempo da perdere per sistemare il problema per Audrey.

«Ciao Audrey!» dice un'allegra voce femminile da un tavolo vicino.

Audrey si volta. «Ciao, Paige!» Appoggia il tovagliolo e va al tavolo di Paige, dov'è seduta con suo marito, Spencer, che indossa la sua divisa da chef. Spencer è alto e in forma, con capelli corti castano chiaro. Non proprio come immaginavo uno chef. Quello che c'era prima all'Horseman Inn era un uomo anziano con una grossa pancia e avevo sempre pensato che fosse un buon segno per un cuoco. Chiaramente gli piaceva mangiare.

Audrey fa il solletico sotto al mento al bambino, Finn. È seduto in grembo a Paige con un tovagliolo di stoffa stretto in mano.

Vado da loro proprio mentre sento Audrey che conferma: «Sì, è un appuntamento. *Finalmente*».

Paige ride con gli occhi marrone chiaro che scintillano di allegria. Ho la sensazione che Audrey e Paige abbiano discusso della nostra potenziale relazione. Ora che ci penso, Audrey probabilmente ha raccontato tutto alle sue amiche. Dev'essere stato per quello che Jenna mi trattava male ogni volta che parlavo con Audrey al bar dell'Horseman Inn. Di solito stavo cercando di proteggere Audrey se un uomo la stava importunando o se mi sembrava a disagio. Una cosa che farebbe qualunque buon amico.

Mmm... Forse è una situazione da *finalmente*. Forse desideravo stare con lei da più tempo di quanto mi permetta di ammettere perfino a me stesso.

Spencer si rivolge a me. «Hai lasciato che ti desse la caccia per un po' prima di farti prendere. Lo capisco. Paige mi ha dato la caccia *in eterno* prima che mi lasciassi prendere.»

«Ah! Ti piacerebbe» dice Paige e poi fa un gridolino. Finn ha appena tirato indietro il tovagliolo, sbattendoglielo direttamente in faccia. Lei gli toglie il tovagliolo dalla mano e lo volta per guardarlo in faccia. «Attento con la faccia della mamma.»

Finn le mette entrambe le mani sulle guance, stringendo. Paige parla con la faccia schiacciata, muovendo appena le labbra. «Guardate com'è forte, a soli cinque mesi.»

Spencer gonfia il petto. «È il mio ragazzo. Ci siamo allenati a stare sulla pancia e con la sua palestrina.»

«Esistono le palestrine?» chiedo, curioso.

«Oh, sì. Ha tutti quegli anelli e molle che si possono tirare e schiacciare.»

«Volevamo provare il vostro ristorante» dice Audrey a Spencer. «Il menu sembra ottimo.»

Spencer fa un sorriso lupesco. Dopo tutto di cognome fa Wolf, lupo. «Non potete sbagliare con niente di quello che c'è sul menu, ma io vi consiglierei le specialità dello chef. Sono i piatti con gli ingredienti più freschi e interessanti.» Si volta a guardare Paige e tende le braccia. «Ho solo altri cinque minuti di pausa. Dai qua.»

Paige gli passa il bambino e Spencer si sposta, incrociando

una caviglia sopra il ginocchio e appoggiando Finn in modo che sia sdraiato nella culla delle sue gambe.

«Parla con me, Finn» dice Spencer.

Finn comincia immediatamente a farfugliare.

Audrey e io ci scambiato un'occhiata stupita.

«Vi lasciamo al vostro momento in famiglia.»

«Intendi dire che dovete tornare al vostro romantico appuntamento?» dice Paige con un sorriso.

«Anche quello.» Prendo per mano Audrey e torniamo al nostro tavolo.

Lei alza una mano, agitandola sopra la spalla. «Ciao!»

«Quei due litigavano come cani e gatti» dice Audrey quando torniamo al nostro tavolo.

Do un'occhiata alla coppia felice, sorpreso di sentirlo. «Te l'ha detto lei?»

«Sì. Siamo diventate amiche quando si è trasferita qui, dato che eravamo nelle stesse condizioni. Il fratello maggiore e le due sorelle minori si erano appena sposate, mentre lei era ancora single, e conosci la mia storia. L'ultima della sorellanza a essere single.»

«E la cosa ti infastidisce?»

«Infastidirebbe chiunque.»

«Perché? I miei fratelli minori sono tutti sposati con figli o bambini in arrivo. Non ha nessuna influenza sulla mia vita.»

Lei alza il menu, nascondendo la faccia. «Giusto.»

Le prendo di mano il menu. «Perché dovrebbe importarti?»

«È così e basta.»

«Perché?»

Lei si china verso di me, parlando a denti stretti. «Questa non è una conversazione adatta a un primo appuntamento.»

«Ci conosciamo da abbastanza tempo da essere sinceri. Perché importa se le tue amiche o i fratelli o chiunque altro si sposa prima di te?»

«Okay, te lo dirò. Ma non puoi correre urlando fuori dal ristorante.»

Inarco le sopracciglia. Come se fossi mai scappato urlando da qualcosa. Io non ho paura di niente.

Audrey fa il gesto di arrotolare una ciocca di capelli sul dito, ma non può perché sono raccolti. Le prendo la mano e gliela stringo.

Lei accenna appena a un sorriso. «Sono pronta per il matrimonio e i figli da molto tempo ed è stata dura vederlo fare alle mie amiche, che per me sono come sorelle, quando non era nemmeno una cosa che speravano di avere. È semplicemente capitato e stanno vivendo la loro vita senza di me.»

Il Generale Cupido lo aveva menzionato, ma pensavo stesse esagerando. Ora che me lo sta dicendo lei, significa che vuole che il matrimonio e i figli arrivino presto. Non sono contro il matrimonio e i figli, ma è decisamente troppo presto. Mi sto ancora abituando ad avere un legame con un'altra persona.

«Abbiamo appena cominciato a frequentarci» dico senza riflettere.

Audrey alza una mano. «È ciò che intendevo con "scappare urlando dal ristorante". Non voglio che tu vada fuori di testa perché è quello che desidero. Ovviamente non è una cosa in cui voglio buttarmi a occhi chiusi. Voglio che sia giusto.»

Resto in silenzio. In questo momento, niente di quello che potrei dire suonerebbe giusto. Se dico che non sono pronto, sembrerà che la stia respingendo e lo scopo di questa serata è di farla avvicinare. Mi tolgo la giacca, di colpo ho un caldo da morire.

«Rilassati» mi dice. «Ti stavo solo spiegando a che punto ero e perché, okay?»

«Sì, grazie per avermelo detto.» Guardo verso la porta, la via di fuga mi sta chiamando. Devo sforzarmi per riportare l'attenzione su di lei.

Lei si tira indietro, appoggiandosi allo schienale. «Vorresti scappare. Ho capito bene il linguaggio di Drew?»

Arrossisco, vergognandomi per quell'impulso. «Non sono

abituato ai legami.» *La gente vicino a me muore, la mamma, papà, i miei fratelli soldati.* «Ci sto provando.»

«Okay.»

Il cameriere si ferma al nostro tavolo e respiro di sollievo. Forgiare un legame con Audrey è come camminare nudi in un campo minato. Come diavolo fa la gente ad arrivare dall'altra parte?

12

Audrey

L'ho spaventato. Almeno quello è chiaro. Almeno la cena era eccellente. Drew e io siamo riusciti a tornare a una conversazione amichevole parlando dell'autopubblicazione del mio libro e di tutto ciò che ha saputo dal suo amico e dalle sue ricerche. È rimasto alzato per metà della notte cercando di imparare tutto ciò che poteva. Significa qualcosa che abbia passato tanto tempo cercando di aiutarmi a mettere in moto tutta la faccenda. Ha perfino fatto fare la copertina! Io non ero nemmeno arrivata a quello.

Adesso mi sta portando a casa dopo un bell'appuntamento, ma Drew sembra essere tornato distante. C'è un silenzio pesante nel pick-up. Probabilmente ho fatto un casino facendogli sapere fin dall'inizio che è tanto che voglio sistemarmi con un marito e dei figli. Una cosa assolutamente da evitare in un primo appuntamento. Ma *l'ha chiesto lui*.

Reprimo un sorriso. Immagino che questa sia la parte in cui dovrei interpretare la sua mancanza di comunicazione in modo positivo e pieno di significato, come fa sempre Kayla con Adam. Sapete una cosa? Sono stronzate. Probabilmente Kayla si inventa quello che vorrebbe sentirsi dire da Adam e scommetto che gli dice ciò che lei immagina che lui intenda dire e lui si limiti a confermare perché è più facile. Non voglio dover lavorare tanto. Voglio che Drew esprima a parole ciò che intende dire, che condivida, che mi faccia sapere che cosa prova.

Si ferma nel mio vialetto e allunga la mano per slacciare la mia cintura di sicurezza. È un gesto strano. Non so se significa che vuole aiutarmi o che me ne vada in fretta. Diavolo se lo so.

«Grazie per il passaggio» dico. Vorrei quasi invitarlo a entrare ma sono stanca dopo tutto quel cercare di capire che cosa gli frulla in testa. Non abbiamo più passato la notte insieme dopo quella prima volta.

Lui mi mette la mano dietro il collo, tirandomi vicina, con le fronti premute insieme. «Aud. Ci tengo molto a te. Più che a chiunque altro. Voglio far avverare i tuoi sogni, qualunque siano, incluso il tuo sogno di sposarti e avere dei figli.»

Resto a bocca aperta per la sorpresa. Per una volta sono senza parole.

Lui continua, sussurrando con la voce roca. «Prima dobbiamo diventare amici, assicurarci che ci capiamo, arrivare a quel livello di intimità. Sei l'unica che vorrei mai sposare, anche se è da egoista da parte mia volerlo.»

Gli accarezzo la guancia, il calore della sua pelle mi inonda di sensazioni. «Perché sarebbe da egoista?»

«Perché sei così buona e io sono...»

«Quello giusto per me.»

Lui mi bacia, dapprima dolcemente, poi il bacio diventa più insistente. Un momento dopo mi tira in grembo. Colpisco il volante con il gomito e suona il clacson.

Ci stacchiamo ridendo.

«Entriamo» dico.

Appena apro la porta del mio appartamento, Drew mi tira verso di lui e incolla la bocca alla mia. *Sì!*

E poi mi solleva, portandomi in camera. È ufficialmente l'appuntamento più romantico della mia vita.

～

Drew

Ho il cuore che comincia a battere fortissimo quando c'è un'esplosione appena fuori dal nostro temporaneo quartier generale. Mi precipito fuori, con le orecchie che fischiano e l'aria densa di fumo. Mike è a terra. C'è sangue dappertutto. Troppo sangue. Corro verso di lui, già strappandomi la maglietta per usarla come un laccio emostatico sulla sua gamba, ma, prima che possa abbassarmi per aiutarlo, sento la canna di una pistola tra le scapole.

Sento un'inglese dal forte accento accanto all'orecchio. «Vieni con me, comandante.»

Subentra il mio addestramento e lotto per la mia vita.

«Drew! Sono io! Sono Audrey!»

La mia visione sparisce e torno alla realtà, coperto di sudore e respirando forte. Gli occhi azzurri di Audrey sono enormi. Sono pieno di vergogna. L'ho inchiodata sul letto ed è terrorizzata.

La lascio andare. «Mi dispiace.» Rotolo giù dal letto, afferro i vestiti dal pavimento e me li rimetto in fretta.

«Drew, non te ne devi andare. È notte.»

«Torna a dormire.» Infilo i piedi nelle sneakers e corro fuori.

E continuo a correre, chilometro dopo chilometro, ma non è possibile sfuggire all'orrore che mi perseguita.

Quando non sono più in grado di fare un altro passo, torno a casa mia e crollo sul divano, accendendo la Tv. A volte mi aiuta a addormentarmi.

Non oggi.

Audrey

La mattina seguente suono il campanello della casa di Drew. Sono preoccupata per lui. Ha lasciato il pick-up a casa mia e non è tornato. Non ha nemmeno risposto ai miei messaggi.

Sono stata testimone del suo incubo. All'inizio si è agitato, togliendosi le coperte e poi ha cominciato a urlare e respirare affannosamente. All'improvviso mi ha inchiodato al letto. Ammetto che ero spaventata. È forte e mi teneva saldamente per le spalle. Ma è tutto. Non mi ha fatto del male. Non aveva bisogno di andarsene.

La porta si apre e appare Drew, con l'aspetto stanco. Ha i capelli in disordine e le occhiaie.

Gli passo accanto ed entro in casa. La Tv è a tutto volume mentre il presentatore di uno show di cucina spiega la ricetta. Non sapevo che Drew guardasse quegli show.

«Non hai dormito nemmeno un po'?»

Lui si passa la mano sulla faccia. «No.»

«Saresti dovuto restare. Hai già dormito bene con me.»

Lui distoglie lo sguardo prima di dire: «Non dovremmo passare la notte insieme, per la tua sicurezza. Mi perdo nell'incubo e comincio a lottare. Non voglio farti del male».

«Ma era solo un incubo. Se ti facessi aiutare per il PTSD...»

Drew volta di colpo la testa verso di me. «Mi stai soffocando! Vai, okay? Vai!»

Risucchio il fiato, sbalordita che mi abbia respinto in quel modo. Solo ieri notte mi stava sussurrando le cose più dolci sull'unica donna che avrebbe mai sposato.

Ringoio il mio orgoglio, cercando di avvicinarmi nonostante mi senta ferita. «Per favore, Drew, parliamone.» Mi si spezza la voce.

Lui va alla porta e me la apre.

Le lacrime mi inondano gli occhi, ho la gola stretta. Capisco l'antifona, devo lasciarlo alla sua tristezza, continuando a provare compassione per lui. E anche per me. Come si fa ad aiutare un uomo che non vuole essere aiutato?

Drew

Cammino avanti e indietro nella stanza, con la disperazione che mi squarcia dentro. In tutti questi anni ho tenuto questo dolore nascosto in fondo, attento a non permettere che influenzasse la gente che amo. L'espressione di dolore sul volto dolce di Audrey mi sta uccidendo. Non voglio ferirla, ma non posso lasciare che mi stia vicino quando mi sento così, ferito, col bisogno di nascondermi dal mondo.

Se lo lasciassi uscire, il dolore non finirebbe mai. Non sarei in grado di funzionare, di vivere. Una specie di morte. Proprio come Mike e Pete, i soldati sotto il mio comando. Avrei dovuto essere io. Ero io al comando.

Proprio come mamma e papà. Andati, lasciando me, il maggiore, a occuparmi della famiglia. Sono quello forte da così tanto tempo. Se smetterò di essere forte mi spezzerò e non so come rimettere insieme i pezzi.

Devo tenere Audrey lontana da questa parte di me. Il dolore è troppo grande per permetterle di entrare.

Cazzo, la perderò.

Cado in ginocchio, arrendendomi al dolore che non posso più controllare. Mi sfugge un singhiozzo, strappato dal fondo del cuore. La diga crolla e non riesco più a combattere. Lascio andare tutto con grandi singhiozzi angosciati, rannicchiandomi in posizione fetale sul pavimento. Tutto il dolore e la tristezza che ho tenuto dentro mi scorrono dentro in grandi ondate che mi colpiscono una dopo l'altra.

Quando penso che continuerà per sempre, quell'orribile sensazione comincia a scemare. Mi metto seduto, esausto e sorpreso di sentirmi bene, veramente. Non mi sono spezzato.

Vado in camera e crollo sul letto, cadendo in un sonno profondo e senza sogni.

Quando mi sveglio, so che cosa devo fare.

13

Audrey

Vado a casa, con il dolore che ha scavato un buco nel mio cuore. Non dico a nessuno come sia sgretolata la mia relazione con Drew. Sembra un tradimento parlare del suo incubo con le mie amiche. Sta chiaramente soffrendo. Mi asciugo una lacrima. Beh, sto soffrendo anch'io. Non è stato bello sentirmi dire che lo sto soffocando. Ero preoccupata.

Qualche ora dopo, sono al rifugio per il mio solito turno del sabato pomeriggio. Drew non c'è. Non so se mi sta evitando o se si è finalmente addormentato dopo la sua notte difficile.

Verso la fine del mio turno, finalmente lo vedo mentre sta parlando seriamente con la dottoressa Shields. Lei sembra entusiasta. Drew la chiama Roxie. Hanno una storia di cui non avevo bisogno di sentire altro, dopo "fine settimana a Cabo".

Drew mi dà un'occhiata solenne e poi torna a guardare lei. Sento lo stomaco che si riempie d'acido. Torno a occuparmi dei cani, riempiendo le ciotole d'acqua e continuando furtivamente a interessarmi alla conversazione tra Drew e Roxie.

Sono così occupata a origliare che rovescio metà dell'acqua mentre vado verso le gabbie. Torno indietro per prendere un rotolo di carta per asciugare il casino che ho fatto. Non riesco a sentire che cosa si stanno dicendo, ma sono sicura che abbiano molto da dirsi.

Dopo aver riempito le ciotole, porto fuori una timida meticcia di Dachshund per farle fare una passeggiata. Vorrei prenderla in braccio e coccolarla, ma so che è importante che faccia esercizio. Dopo aver respirato a fondo la fresca aria primaverile, mi dico che solo perché Drew sta avendo un'intensa conversazione con Roxie non significa che ci sia qualcosa tra di loro. La gelosia è uno spreco di energia e tempo. Questa è la mia storia e non ho intenzione di cambiarla.

Quando torno, Roxie, ehm, la dottoressa Shields, sta controllando i gatti nella loro stanza speciale. Non sono stata capace di entrarci da quando è morta Cinder. Era una gatta meravigliosa. Ogni sera, quando mi sedevo sul divano, mi si arrampicava in grembo, mi metteva le zampe anteriori sulla spalla e strofinava la guancia contro la mia, come uno speciale Cinder-abbraccio. La immagino ancora che arriva da dietro l'angolo quando vado in cucina.

Drew appare al mio fianco, con due guinzagli. «Aud, mi dispiace per ieri sera e questa mattina. Non ero in me.»

Annuisco, con la gola stretta. «Probabilmente dovremmo parlarne. Vuoi venire a casa mia più tardi? Potremmo ordinare la cena.»

«Non posso. Ho adottato Harry e Truman.» Alza i guinzagli. «Roxie verrà a casa mia per aiutarmi a sistemare i cani.»

«Oh.» È tutto quello che riesco a dire mentre Roxie diventa di colpo la nemica che si mette tra me e il mio uomo. Io vengo sbattuta fuori, lei viene invitata a entrare.

Roxie lo sente e dice: «Sarà una bella serata. Parleremo dei vecchi tempi».

Stringo i denti.

Drew abbassa la testa.

Mi volto, non so come comportarmi con tutte quelle emozioni che ribollono dentro di me. Gelosia, sì, ma anche un incredibile dolore e la rabbia per essere messa da parte così in fretta.

«Che ne dici del prossimo fine settimana?» mi chiede Drew.

Non riesco a sorridere. «Te lo farò sapere.» Indico la porta. «Sarà meglio che vada. Ho parecchio da fare oggi. Sono sicura che tu e Roxie insieme sarete in grado di occuparvi di tutto quello che c'è da fare qui.»

Me ne vado mentre Drew chiama Harry e Truman, sembrando perfettamente contento di non vedermi per una settimana e di non sapere nemmeno se mi vedrà.

Ovviamente la storia d'amore era completamente unilaterale.

Il giorno dopo mi sveglio amareggiata e da sola. Chi ha bisogno di uomini che dichiarano il loro impegno un giorno e poi ti scaricano il giorno dopo? Ho le mie amiche, la salute e questo accidente di libro che giuro un giorno vedrà la luce, nonostante il fallimento della "buona azione" di Drew.

Mando alle mie amiche un messaggio di gruppo chiedendo di vederci insieme a cena. Le risposte sono veloci e quasi identiche.

Sydney: *Non posso, cena di famiglia della domenica. Drew non verrà però. Troppo occupato con i suoi nuovi cani.*

Jenna: *Cena di famiglia della domenica. Dovresti venire.*

Kayla: *Unisciti a noi per la cena di famiglia della domenica.*

Stringo labbra. L'ultima cosa che voglio è essere circondata da Robinson. Voglio stare con le mie ragazze, non vedere i loro mariti, che sono i fratelli di Drew. Beh, Sydney è sua sorella, ma almeno so che sta dalla mia parte.

Arrivano altri messaggi qualche momento dopo.

Paige: *È venuta a trovarci la mamma di Spencer. Mi dispiace. Il prossimo fine settimana?*

Sloane: *Credo di essere in travaglio.*

Rispondo con dei messaggi adeguati, anche se quello che vorrei veramente dire è "OKAY! Non preoccupatevi per me.

Tornate alle vostre vite, tutte prese con le vostre suocere e i parti imminenti".

Non che sia amareggiata.

Poi Harper, la mia famosa amica attrice, che è incredibilmente generosa, risponde con una sua richiesta (aveva messo in contatto Eve con Claire Jordan, dandomi una chance per un film).

Harper: *Sono ancora ad Atlanta e sto girando, altrimenti mi piacerebbe. Ti dispiacerebbe dare un'occhiata al Generale? Mi sembrava che stesse nascondendo qualcosa l'ultima volta in cui ci siamo parlate. Forse riuscirai a scoprire che cos'è. Temo mi stia nascondendo una malattia.*

Io: *Certamente.*

Il Generale è la nonna di Harper, che l'ha cresciuta. Harper prenota una cena per le quattro del pomeriggio all'Horseman Inn. Orario speciale per chi si alza presto.

Ed è così che mi sono assicurata un appuntamento con il Generale Joan, l'ultima persona con cui vorrei passare del tempo nel mio stato attuale di donna single amareggiata. Cerca sempre di accoppiare la gente e mi fa notare che tutte le mie amiche stanno avendo dei figli. Credetemi, l'ho notato.

Adesso ho sette ore di tempo da ammazzare. Da sola e incazzata.

Mi preparo per la giornata con una lunga doccia e un'abbondante colazione a base di pancake e uova. Mi sento un po' meglio quando decido di affrontare l'autopubblicazione del mio libro *Una nobile vocazione*. Avevo già creato gli account sui vari siti, cosa piuttosto semplice. Adesso è il momento di mandare il mio bambino nel vasto mondo.

Seguo i passi elencati nell'e-mail di Drew, che non copre esattamente tutto ciò che appare sul mio schermo. Ho la testa in fiamme mentre cerco di capire che cosa scrivere in alcune di quelle caselle. Controllo le guide e chatto con l'assistenza, che, giuro, è un robot con le risposte preordinate. Respiro profondo. Ce la posso fare.

Alla fine, cerco su Google che cosa fare, perché mi sto

strappando i capelli. Capito su un video tutorial e prendo appunti.

Un'ora dopo, appoggio la testa su una mano, rileggendo tutto quello che ho scritto sullo schermo prima di decidere che basta così. Ho fatto del mio meglio. Spero di non aver incasinato tutto. Clicco su "pubblica" e chiudo gli occhi. Ce l'ho fatta! Il libro è disponibile.

Apro gli occhi e il sito mi invita a creare una versione cartacea. Immagino che sia una buona idea. Mando un'e-mail al grafico per capire se può formattare la copertina per la versione cartacea e scopro che sa fare anche quello. Grande. Lascerò fare a lui.

Studio lo schermo; dice che sta elaborando l'e-book. Non so quanto ci voglia, ma okay. Seguo le istruzioni di Drew per pubblicare il libro su altri quattro siti. Aargh! Questo sito ha requisiti diversi e domande formulate in modo strano. Dove diavolo è la guida? Questo sito non potrebbe essere più complicato! Trovata!

Poco dopo mi sto strappando i capelli. La guida non mi è stata per niente di aiuto, nonostante tutto quello che c'era scritto. Niente assistenza nei fine settimana. Torniamo al mio fidato amico, Google.

Quando arrivo all'ultimo sito sono al punto di dire *vaffanculo*. Se ho sbagliato qualcosa lo sistemerò in un secondo tempo. Oh, bello. C'è una casella da cliccare per rendere il libro disponibile nelle biblioteche. Certo che lo voglio nelle biblioteche. Sono una bibliotecaria!

Mi tiro indietro, esausta. Stanno elaborando il mio libro sui vari siti e dovrei ricevere un'e-mail quando sarà online. Aggiorno parecchie volte la posta in arrivo. Potrebbe volerci un po'.

Una volta che sarà online avviserò tutti quelli che conosco e magari venderò qualche copia. Mi stringo intorno le braccia, in parte per il nervosismo di aver mandato il mio libro nel vasto mondo e in parte per l'eccitazione. Ora ha una chance per una seconda vita.

«Beh, è veramente piacevole» dice il Generale Joan mettendosi il tovagliolo in grembo.

Siamo all'Horseman Inn, sedute a un tavolo accanto alla vetrina perché il Generale voleva tenere d'occhio l'auto in caso ci fossero dei vandali. Non so da dove le sia venuta quell'idea. Il criminale peggiore a Summerdale di solito è un cervo che vaga nel cortile di qualcuno e fa cadere un bidone della spazzatura.

«Sì» dico, impastandomi un sorriso sul volto e mettendomi in grembo il tovagliolo. Non abbiamo mai veramente passato del tempo da sole, anche se la conosco da tutta la vita, per aver passato molto tempo a casa di Harper, averla avuta come insegnante di terza elementare e aver fatto parte insieme a lei di diversi comitati. In effetti sono nervosa.

La cameriera, Ellen, una donna amichevole di mezz'età con i capelli tinti di biondo si ferma con i bicchieri d'acqua e ci chiede se siamo pronte a ordinare. Controllo il menu, cercando la cosa meno difficile da mangiare, perché la signora Ellis è una fanatica delle buone maniere e della pulizia. Dio, perché mi devo sempre sentire come una bambina quando c'è lei? Dovrei accertarmi se ha una malattia seria che sta nascondendo a Harper.

«Io prenderò un sandwich bacon, lattuga e pomodoro» dice a Ellen. «Senza bacon e di contorno un'insalata invece delle patatine fritte.»

Ellen non batte ciglio, lo scrive e si volta verso di me.

«Il pollo arrosto per me, grazie.» Forchetta e coltello sono il modo migliore per non sbrodolare.

Quando Ellen se ne va, sorrido al Generale, i cui occhi penetranti mi bucano come se stesse cercando di leggermi l'anima. Lei non ricambia il mio sorriso.

Agitata, mi metto i capelli dietro le orecchie. «Come sta?»

«Bene. Che cosa posso fare per te? Harper ha detto che avevi bisogno di parlarmi.»

«Oh, uhm...»

«Non essere timida. Sono qui per aiutarti.»

Mi lecco le labbra, cercando di pensare a come formulare la mia domanda senza offenderla. Non posso chiederle semplicemente se sta nascondendo una malattia a sua nipote. «La salute come va?»

«Sana come un pesce.»

«Ha fatto un controllo di recente?»

Lei socchiude gli occhi guardandomi e io raddrizzo la schiena. «Harper ti ha detto di chiedere della mia salute? Quella ragazza si preoccupa sempre per me. Mi sembra di avere quarant'anni!»

«Oh, bello.» *Specialmente perché ne ha novanta.*

Lui annuisce una volta. «Mi tengo occupata. Parliamo di te e Drew.»

Mi sento morire dentro e poi mi dico di restare in carreggiata. «In effetti, e resti tra noi, Harper era un po' preoccupata perché lei sembrava avere un segreto e, normalmente, è... Uhm... Così franca.»

Il Generale emette un lungo sospiro. «Non è più un segreto. Si è già sparsa la voce sul mio scontro con Wyatt per Palla di Neve.» Palla di Neve è l'amatissima shih tzu bianca di Wyatt.

La guardo piegando la testa di lato. «Ha avuto uno scontro con Wyatt?» Cerco di immaginarlo. Una novantenne che si mette contro Wyatt, un uomo grosso e muscoloso nel pieno della forma. È il marito di Sydney.

«Volevo solo avere la possibilità di dipingere il ritratto di Palla di Neve per fare una sorpresa a lui e a Sydney. Sono la prima coppia che ho aiutato a mettersi insieme in città. Sono il Cupido di Summerdale, sai.»

Resto impassibile e annuisco solennemente.

Lei continua. «Lui era occupato a spingere Quinn nel passeggino e aveva anche Rexie al guinzaglio. Non credevo che avrebbe notato se la piccola Palla di Neve spariva.»

Bevo un sorso d'acqua, nascondendo un sorriso. «Deve essersi mossa in fretta.» La signora Ellis ha un'anca malandata che si rifiuta di far operare. Non so come abbia pensato che il suo piano potesse funzionare.

«Me ne sono andata in fretta, ma lui ha notato che non c'era più Palla di Neve come se avesse un terzo occhio dietro la testa. Non avevo idea che un padre potesse essere così attento. Di solito, tenere d'occhio il loro bambino è tutto quello che riescono a fare. Non sono multitasking.» Si china in avanti per dire in tono complice: «È il loro istinto di cacciatori».

Copro una risata con un colpetto di tosse. «Quindi avete lottato per il cane?»

Lei dà un colpo sul tavolo, indignata. «Ha cominciato a urlare che ero una ladra di cani. Che mancanza di rispetto! Ovviamente ho dovuto fermarmi per mettere in chiaro le cose.»

«E lui che cos'ha detto?»

Il Generale alza le mani. «Ha detto che avrei dovuto chiedere il permesso. Ora dimmi, come avrei potuto sorprenderli con un ritratto se lo avessi fatto?»

«Non sapevo che lei sapesse dipingere i ritratti.»

Lei alza la testa. «Ho preso lezioni. Il mio insegnante ha detto che ho un dono. Ovviamente dovevo spargere in giro quel dono.»

«Forse la prossima volta dovrebbe chiedere di fare un selfie con il cane di una persona invece di prenderlo semplicemente.»

«Non funzionerebbe. Non so dipingere le persone.»

Non devo ridere. Non devo ridere. «Okay, allora chieda solamente di fare una fotografia al loro cane perché vedere i loro musini carini la rende felice. Poi potrà comunque sorprendere i loro proprietari con un ritratto.»

Lei stringe le labbra, sembra stia riflettendo. «Mmm, ho sempre il telefono con me.»

«Esattamente.»

«Grazie, Audrey. In futuro farò così. Allora, come vanno le cose con Drew?»

Mi guardo attorno, sperando che arrivi presto il cibo. No.

E non c'è nessun altro nella sala da pranzo anteriore perché è così maledettamente presto per la cena.

«Mi hai aiutata, ora tocca a me aiutare te» dice.

Espiro piano. «È complicato.»

«Stupidaggini!» sbraita e io sobbalzo. «Ora dimmi qual è il problema.»

Il Generale si è decisamente guadagnata il suo soprannome.

Stringo le labbra. «Ha detto che lo stavo soffocando.»

«Allora devi lasciargli spazio.»

«L'avevo capito» borbotto.

E poi mi sbalordisce, aprendomi le braccia. «Vieni qua.»

Giro intorno al tavolo e lei mi abbraccia stretta. Profuma di biscotti. Mi vengono le lacrime agli occhi.

La signora Ellis si tira indietro, con le mani sulle mie spalle e dice in tono fermo: «Resisti, Audrey. Ho un buon presentimento riguardo a voi due».

Annuisco, con gli occhi pieni di lacrime. Vorrei crederle, ma è dura.

«Nessuno ha mai detto che l'amore è facile» mi dice.

Torno alla mia sedia. «No, non l'hanno mai detto.»

Lei sorride serenamente. «Ma ne vale la pena. Credimi.»

Passa una settimana senza che veda Drew. Gli ho mandato un messaggio per fargli sapere che ho pubblicato *Una nobile vocazione*. La sua risposta: *Bene*. Nessun punto esclamativo, niente entusiasmo. Sto mettendo tutto in dubbio riguardo a lui. Eppure continuo a sperare perché mi sta mandando fotografie di Harry e Truman. Mi piace che abbia adottato i cani. Ha sempre fatto parte del mio piano per aiutarlo con il PTSD. La prossima volta in cui ci vedremo, spero presto, gli suggerirò di far partecipare i suoi cani al programma per cani da terapia del Best Friend Care.

Gli sto dando spazio, quindi non sono sicura quando lo vedrò. Spengo il computer in ufficio, mi prendo la testa tra le mani e sospiro. È venerdì. Andrò a casa dove mi aspetta un buon Pinot grigio e guarderò all'infinito qualcosa di divertente. I giorni in cui ci trovavamo spontaneamente con le mie amiche sono passati. Sono stata fortunata di esserci riuscita prima del mio quasi appuntamento con Drew. Devono sempre coordinare la cura dei bambini con i mariti per uscire una sera oppure trovare una babysitter. Spesso la babysitter sono io. Non mi dispiace. Ma non stasera.

Mi sento molto meglio quando comincia uno dei miei film preferiti, ho un bicchiere di vino in mano e patatine come cena. Ho visto *Harry ti presento Sally* tante di quelle volte che ripeto le battute con loro.

Finito il vino, prendo il laptop. È passata quasi una settimana da quando il libro è online. Voglio controllare come sta andando. Clicco e trovo qualche recensione e non solo dagli Stati Uniti. Non conosco nessuno in Gran Bretagna o in Australia! E non riconosco il nome degli utenti. L'unica amica che ha letto il mio libro questa settimana è stata Paige. Tutti gli altri a cui ne ho parlato lo hanno comprato e detto che non lo avevano ancora letto. Chi è questa gente che ha letto il mio libro e ha lasciato una recensione? Controllo gli altri siti e vedo che c'è almeno una recensione su ognuno.

E sono positive!

Mi porto la mano alla gola. Estranei che leggono il mio libro e lo trovano bello! Significa che devo aver venduto più copie, non solo alla famiglia e agli amici. Clicco sul portale delle vendite e resto a bocca aperta. Il grafico sale ogni giorno questa settimana. Quando finisco di controllare tutte le vendite sui portali sto tremando. È irreale. Ne ho venduto una copia perfino in Giappone.

Come l'hanno scoperto? Le mie amiche ne hanno parlato con altri? Drew? Dev'essere stato Drew.

Sto per mandargli un messaggio ed esito. Gli sto dando spazio. Invece mando un messaggio a tutte le mie amiche.

C'è gente sconosciuta che compra il mio libro. E gli piace!

Le reazioni sono immediate.

Yay!!!

Vai, Audrey!

Woohoo! Lo sapevo!

Seguite da un mucchio di emoji celebrative. Scoppio a ridere.

Forse è ora di scrivere il mio prossimo libro. Apro un nuovo documento e comincio subito. C'è quest'idea che mi frulla in testa da un po'.

Tre ore dopo spengo il laptop. Ho il cervello fritto, ma mi sento meravigliosamente, le parole fluivano sulla pagina. Mi è mancato tanto. Come posso definirmi una scrittrice se non scrivo? Ora mi sembra di esserlo veramente. Non era solo un fatto occasionale.

Prendo il telefono e mando un messaggio a Drew. Voglio vederlo, parlargli, toccarlo. Mi manca tanto.

Al diavolo dargli spazio. È passata una settimana e, se non ce la fa a vedermi, forse non è pronto per una relazione. Sono le dieci di sera. Sono sicura che sia ancora alzato.

Mi do un'occhiata. Okay, sono passabile. Ho un maglione lungo e i leggings. Vado in bagno, mi lavo i denti, aggiungo un po' di trucco e mi spazzolo i capelli. Ho tempo solo per quello. Più aspetterò più sarà facile che finisca per rinunciare. Nella testa mi risuona la voce di Drew: *Mi stai soffocando.*

E la voce saggia del Generale Joan: *Devi dargli spazio.*

Chiudo gli occhi, attingendo alla forza che mi ha fatto andare avanti quando la speranza stava scemando. Non è che non abbia mai affrontato una porta sbattuta in faccia. Come quando ero andata alla Columbia – un'università di prim'ordine – e avevo dovuto lasciare dopo un semestre perché non ce la potevamo più permettere, quando mio padre aveva perso il lavoro. Non avevo battuto ciglio, mi ero iscritta a una sezione locale dell'università statale e mi ero laureata in tempo.

E quando tutte le mie amiche avevano trovato il loro amore eterno, quello che io aspettavo da sempre, e Drew aveva liquidato i miei sentimenti, non ero rimasta seduta in un angolo. Coraggiosamente, avevo provato con gli appuntamenti online.

E quando il mio libro sembrava non avere un futuro, e non per colpa mia, avevo avuto il coraggio di autopubblicarmi.

Ce la posso fare. È ora di avere una conversazione sincera con Drew. Adesso o mai più.

Metto in borsa il telefono, mi infilo una giacca leggera ed esco. Non farò richieste. Mi limiterò a parlare con lui.

Poco dopo mi fermo davanti alla sua casa. Le luci sono accese all'interno e c'è una Jeep nera nel vialetto. Ha una visita. Resto seduta per un momento, senza sapere se entrare o meno. È l'auto di Roxie? Forse dovrei mandargli un messaggio per vedere se è un buon momento per venire.

Al diavolo. Sono qui. Scendo dall'auto e cammino decisa lungo il vialetto. Non voglio sgattaiolare via. C'è il mio cuore in ballo ed è importante. *Io* sono importante.

Roxie appare sul portico e viene direttamente verso di me. Divento tesa.

Quando mi raggiunge mi dice cordialmente: «Salve». Si avvicina. «Non so se è un buon momento per una visita. Drew è praticamente esausto dopo tutte le sedute di addestramento fino a tarda sera che abbiamo avuto.» Sorride, ma il sorriso non arriva fino agli occhi. «Sono qui anche la maggior parte delle mattine.» Mi guarda attentamente per vedere la mia reazione.

Mi sembra che stia cercando di rivendicare un diritto. Nessuna conosce Drew da tanto tempo quanto me. Sono innamorata di lui dalla prima volta in cui l'ho visto, quando avevo sei anni e lui undici. È lo standard che nessun uomo ha mai uguagliato.

«È un animale notturno» le dico, sicura.

«Beh, non so se sia ancora vero. È così bello vederlo recuperare il suo fascino. Ci vediamo domani al rifugio!»

«Sì, ci vediamo.»

Lei sale sulla Jeep.

Me scrollo di dosso l'apprensione e vado verso la porta.

Ma poi esito, con le dita vicine al campanello. Drew ha recuperato il suo fascino? Che fascino ha usato su di lei? L'uomo che conosco non si preoccupa di essere affascinante. È diretto e sincero.

Fisso la porta, paralizzata dall'indecisione. A quanto pare, io lo stavo soffocando, ma Roxie è qui giorno e notte?

No. Niente da fare.

Suono il campanello. È ora di parlare con il signor Fascino.

14
___

Drew

Apro la porta e sorrido. «Hai dimenticato qualcosa?» Poi cambio rotta in fretta quando mi rendo conto che non è Roxie che è tornata. «Audrey!» Harry e Truman si precipitano verso di noi, abbaiando come pazzi.

«Seduti» ordino. Si siedono entrambi. Addestrarli a obbedire è stato semplice. Sono le cose più avanzate per cui ho bisogno di aiuto.

«Ah, questo è il fascino di cui ho tanto sentito parlare» dice Audrey con un tono che sembra sarcastico. Audrey sa essere sarcastica?

Mi passa accanto ed entra in casa. «Guarda, ti ho dato spazio, ma dobbiamo parlare.»

«Tu...»

«Hai tutto il mio sostegno per aver adottato i cani e volerli addestrare. Uno dei miei obiettivi era che prendessi un cane da terapia per aiutarti con il tuo PTSD.»

«In effetti...»

«Ma non è il motivo per cui sono qui, ma è perché voglio sapere se sei pronto ad avere una relazione con me. I miei sentimenti per te non sono cambiati. Sono veri e importanti per me, ma non ho intenzione di continuare ad accettare di essere respinta.»

«Aud, questa settimana ho passato un mucchio di tempo...»

«So che sei stato con Roxie. A quanto pare, sei tornato a essere l'uomo pieno di fascino che aveva conosciuto a Cabo per un favoloso fine settimana. Vuoi sapere una cosa? Io sono la donna meravigliosa che è innamorata di te fin da quando ti ho conosciuto, quando avevo sei anni e tu undici. Pensavo che fossi il ragazzino più fico che avessi mai incontrato e poi hai invitato noi ragazze a giocare a basket nel vialetto con te e ci hai offerto di usare una cassetta per rendere le cose più facili per noi. Le mie amiche si erano offese, ma io no.» Si indica con un dito. «*Io* sapevo che le tue intenzioni erano buone. È stato in quel momento che ho saputo che ti avrei amato per sempre.»

Resto a bocca aperta.

Audrey si mette le mani sui fianchi e alza la testa. «Quindi adesso sai qual è la situazione. E capisco il PTSD e hai tutto il mio appoggio per ottenere tutto l'aiuto che ti serve per affrontarlo, ma non accetterò più di essere tenuta a distanza. O faccio parte della tua vita oppure ne sono fuori.»

Scuoto la testa e provo un'ondata di affetto e amore per lei. «Dio, sei meravigliosa.»

Lei alza ancora un po' la testa. «Lo so.»

«Adesso posso parlare?»

«Prego, fai pure.»

«Innanzitutto non avrei mai dovuto dire che mi stavi soffocando. Stavi giustamente facendomi notare che dovevo affrontare il problema. E ci sto lavorando perché l'ultima cosa che voglio è farti nuovamente male, che sia inconsciamente, mentre ho un incubo, o coscientemente, respingendoti.»

«Okay.» Incrocia le braccia, stringendo le labbra. «Roxie ti desidera ancora.»

Chino di lato la testa. «Si sente sola.»

«Beh, non mi piace che tu passi tanto tempo con lei.»

«È un'addestratrice di cani da terapia. È in parte il motivo per cui Dominic l'ha assunta ed è il motivo per cui ha passato tanto tempo qui. Harry e Truman saranno i miei cani da terapia. Roxie dice che si possono addestrare a svegliarmi quando ho un incubo. Mi aiuterebbe sapere che non ti sto mettendo in pericolo passando la notte con te.»

«Non ho mai pensato di essere in pericolo.»

«Sei la prima donna con cui ho passato la notte da quando ho lasciato l'Esercito. Non sapevo se saresti stata al sicuro e devo averne la certezza, quando si tratta di te.»

Audrey lascia cadere le mani lungo i fianchi. «Voglio partecipare al tuo lavoro con i cani. Se è ciò su cui ti devi concentrare, voglio esserti d'aiuto in ogni modo possibile.»

Annuisco. «Ne parlerò con Roxie.»

«Non chiederle il permesso. Dille semplicemente che sarà così.»

«Sissignora.» Le apro le braccia e lei corre da me, stringendomi forte. Le avvolgo le braccia intorno e ogni parte di me si rilassa. «Fai parte della mia vita, Audrey. Tutto quello che faccio lo faccio per te.»

I cani si appoggiano alle mie gambe, uno per lato nel loro modo di abbracciarmi. Siamo diventati un branco. È ora che si abituino al fatto che Audrey ne farà parte.

Audrey si tira indietro per guardarmi. «Voglio che lavori sul PTSD per te stesso, Drew. Sei tu quello importante e la salute mentale è un punto cruciale per il tuo benessere. Fallo per te stesso.»

Mi bruciano gli occhi e poi scende una lacrima. Non cerco di nasconderla. «Ho visto Dominic questa settimana, sai, da veterano a veterano, per vedere che contatti aveva per la gente come me, tramite l'associazione Best Friends Care. Mi ha dato il numero di un terapista specializzato in PTSD per i veterani. L'ho visto oggi. È il motivo per cui sono piuttosto emotivo ed esausto in questo momento, ma penso che sarà una buona cosa. Gli ho raccontato che mi hai detto che ero chiuso in me stesso. E non voglio più esserlo. Voglio lasciarti entrare.»

«È meraviglioso.» La voce di Audrey sembra tesa mentre

anche lei si asciuga una lacrima. «Non importa quanto tempo ci vorrà, io ci sarò a ogni passo, sempre. Sono così fiera di te.»

«Come fai a essere fiera di me? Ho appena cominciato. La strada è lunga.»

«Hai fatto il primo passo, ed è la parte importante. So che completerai il percorso perché è così che sei. Forte, competente e con un cuore d'oro.»

La tengo vicina, lasciando che tutte le forti emozioni mi attraversino come un fiume caldo: affetto, sollievo, gioia. È amore. Puro amore. Non voglio più lasciarla andare.

Quando entro nel rifugio il pomeriggio successivo, Audrey arrossisce e mi saluta agitando la mano. Mi ama. Vado da lei e la sollevo in un abbraccio entusiasta, facendola strillare.

La rimetto a terra e le prendo il bel volto tra le mani. «Mi sei mancata.»

«Da ieri sera?» mi chiede con un sorriso sexy. Alla nostra chiacchierata è seguita una sessione di sesso riparatore. Ai cani non è piaciuto essere chiusi fuori dalla porta e hanno guaito. Alcune cose sono private. L'ho lasciata andare a casa ieri sera. Non sono pronto a passare la notte con lei mentre ho ancora gli incubi.

«Sì. Non te l'ho chiesto perché eravamo occupati a parlare e *a fare altre cose,* quindi...» Faccio una pausa, sorridendo quando arrossisce ancora. «... Come va il tuo libro?»

Lo so già perché sono io che l'ho fatto succedere, ma voglio vedere la sua reazione.

Lei rimbalza sulla punta dei piedi. «Sta andando benissimo. Sono così contenta di averlo pubblicato. Grazie per avermi aiutato a capire il procedimento.»

«Prego.»

Lei si avvicina. «Sono un po' sorpresa di vedere che le vendite aumentato ogni giorno.»

«Io non ne sono sorpreso. È un gran bel libro.»

Audrey indica le gabbie e andiamo a riempire le ciotole ai

cani. Qualche minuto dopo, si ferma accanto al lavandino. «Aspetta, non sei sembrato sorpreso. Non hai niente a che fare con le recensioni e le vendite, vero?»

«Con le recensioni? No.»

Lei mi guarda in faccia. «Che cosa hai fatto?»

Faccio spallucce. «Ho solo aiutato a dargli visibilità. Ho fatto pubblicare un grande annuncio sul *Summerdale Sheet* e anche sul *Clover Park Record*, l'*Eastman Gazette* e il sito che tratta di arte della contea.» I giornali adesso sono tutti online quindi la pubblicità è stata pubblicata in fretta. Faccio un cenno vago, non voglio che sappia quanto ho speso per questa parte. «E ho fatto pubblicità anche sui social media e i motori di ricerca.»

Audrey sbatte lentamente gli occhi. «E come sei riuscito fare tutte quelle cose?»

«Per le pubblicità, ho assunto la persona che mi ha raccomandato il mio amico Matt e ho fatto fare la grafica al cover designer. Si sono mossi in fretta perché le prime settimane dopo la pubblicazione sono importanti.» *E ho pagato extra per l'urgenza.* Ehi, ho sempre vissuto in modo frugale quindi ho dei risparmi da parte. E non c'è nessuno per cui li spenderei più volentieri di Audrey.

Audrey si massaggia le tempie, con un'espressione stordita. «È tutto quello che hai fatto?»

«Ho mandato un'e-mail a ogni libraio che ho trovato per parlargliene e ho comprato un'intera pagina di pubblicità a colori sulla rivista *Primo Entertainment*. Uscirà fra tre mesi.»

Audrey mi fissa. «Sei serio?»

Non riesco a capire se sia contenta o no. Sembra indecisa. Mi metto sulla difensiva. «Hai detto che non sarebbe stato un problema purché non si trattasse del libro in sé. Era pubblicità *riguardo* al tuo libro.»

Audrey sospira. «Ha funzionato, quindi immagino di doverti ringraziare. Perché me l'hai tenuto nascosto?»

«Perché non sapevo se avrebbe funzionato. Te l'avrei detto dopo aver visto i risultati.»

«Dev'esserti costato un mucchio di soldi. Ti rimborserò con i proventi della vendita del libro.»

«No. È un investimento sul tuo futuro.»

Aggrotta la fronte come se non fosse sicura di che cosa fare della mia generosità. Non si rende conto di quanto tengo a lei? È lei il motivo per cui ho finalmente ammesso di avere bisogno di aiuto con la mia salute mentale. Volevo essere in grado di stare con lei. Nel modo che merita.

«Forse potremmo vederci stasera per festeggiare?» mi chiede.

«Viene Roxie per aiutarmi con l'addestramento dei cani.»

I suoi occhi azzurri lampeggiano, ma non dice nient'altro.

«Potremmo vederci domenica.»

Lei fissa il soffitto prima di darmi un'occhiata severa. «Invitami a unirvi a voi. Accidenti, non è così difficile. Pensi che mi piaccia essere gelosa?»

Le metto un braccio intorno alla vita e la tiro contro di me. «Sei gelosa?»

«Certo che sono gelosa. Roxie è bella e continua ad autoinvitarsi a casa tua.»

Mi chino verso di lei, con un sorriso sulle labbra. «Non c'è nessuno come te.» La bacio con tutta la passione che provo per questa donna meravigliosa. Lei si ammorbidisce e mi mette le braccia intorno al collo, arrendendosi al bacio. Mi accarezza il sedere, tirandomi più vicino e di colpo sono famelico.

La bacio, facendola arretrare verso un grande sgabuzzino per avere privacy. Lei si arrampica su di me, avvolgendomi le gambe intorno alla vita. Chiudo la porta alle nostre spalle e le bacio il collo, annusando il suo profumo dolce.

«Spegni la luce, così nessuno saprà che siamo qui dentro» sussurra.

Spengo la luce e ricomincio a baciarla. Dio, è così dolce e morbida. Mi potrei perdere in lei. Non ne avrò mai abbastanza.

Audrey interrompe il bacio. «Stasera verrò anch'io.»

«Okay. E appena finirà la sessione di addestramento dei cani butterò fuori Roxie e ti getterò sul mio letto.»

«Ooh! E poi?»

Infilo la mano sotto la maglia, sentendo tutta quella pelle morbida. «Poi ti strapperò i vestiti, e...» Le appoggio contro la mia erezione e lei geme prima di afferrarmi la testa e baciarmi appassionatamente.

La porta si spalanca e si accende la luce.

«Oh, merda!» esclama una voce di donna. Roxie.

Rimetto in piedi Audrey e guardiamo entrambi Roxie. Do un'occhiata ad Audrey. Ha i capelli in disordine, le guance rosa e accidenti se non sembra un po' compiaciuta.

Roxie indica tra di noi. «Non mi ero resa conto che voi due eravate... Scusate. Continuate pure.» Chiude di nuovo la porta.

Appoggio la mano sulla guancia di Audrey e le mordicchio il labbro inferiore. «Lo hai fatto apposta.»

«Cosa!?»

«Volevi mostrarle che eri qui con me, comportandoti in quel modo seducente e selvaggio.»

Audrey ridacchia. «Non ho mai sedotto selvaggiamente nessuno prima d'ora. Inoltre, penso che sia stata più colpa tua che mia.»

«Oh, sei stata tu!»

Lei mi mette una mano sul petto. «Stasera.»

«È una promessa.»

Ci sorridiamo. Il mio cuore batte forte per l'emozione. È una novità per me, avere emozioni così forti. Audrey mi ha aperto il cuore.

～

Tre settimane dopo...

Audrey

«Ci sto provando!» dico ridendo mente il frisbee atterra a circa quindici centimetri davanti a me.

Harry e Truman sono fermi a una certa distanza nel cortile di Drew e sembrano delusi. Sono tre settimane che aiuto Drew con i suoi cani. Sono una tale gioia.

Drew ride, raccoglie il frisbee e mi mette le mani intorno alla vita da dietro, guidandomi. «Così. Diritto verso il bersaglio.» Mi aiuta a far scattare il polso. Il frisbee vola in aria e Harry corre per afferrarlo.

Riesco a capire qual è dei due perché Truman ha le orecchie nere e porta un collare blu. Harry ha un collare rosso. Quando esce, Drew porta i cani con sé e indossano bandane mimetiche con la scritta: ANIMALE DA SUPPORTO EMOTIVO. È un segno della crescita di Drew il fatto che appaia volontariamente in pubblico dichiarando apertamente che i cani sono lì per aiutarlo.

«Harry, vieni!» gli ordina Drew.

Harry corre indietro da lui e lascia cadere il frisbee ai suoi piedi. Drew gli accarezza il fianco. «Bravo ragazzo.» Guarda in lontananza. «Truman, questo è per te.»

Lancia in alto il frisbee.

Truman gli corre dietro. E anche Harry.

«Harry, aspetta» gli ordina Drew. Harry si siede, con gli occhi fissi su Drew.

Truman balza in aria, afferrando il frisbee con la bocca.

«Vai!» dice Drew.

Harry entra in azione, inseguendo Truman, che corre in circolo intorno al cortile con il suo premio in bocca.

Drew mi abbraccia di nuovo da dietro, stringendomi. È molto più rilassato ora che ha i cani. Addestrarli ogni giorno gli ha dato qualcosa su cui concentrarsi e l'ha anche aiutato ad aprire il suo cuore. È più affettuoso con me. E non fatelo parlare della bravura dei suoi cani.

«Ieri sera ho insegnato a Harry a portarmi il suo guinzaglio» dice. «L'ha imparato dopo due soli tentativi.»

Lo guardo voltando la testa. «E Truman?»

«Quando ha visto Harry farlo ha capito immediatamente. Forse imparerà a essere un cane da terapia copiando i gesti.»

«Forse.»

«Sono entrambi veramente intelligenti.»

Non lo contraddico, anche se è ovvio che è Harry quello che capisce. Coglie al volo ogni comando. O forse è Truman quello più sveglio, che obbedisce solo ai comandi che gli piacciono. Mah!

«Vuoi passare qui la notte?» mi chiede Drew.

Mi volto tra le sue braccia, sorpresa. Non ha voluto passare la notte con me da quando mi aveva inchiodata al letto dopo l'incubo. È successo un mese fa. Sono stata comprensiva dato che comunque vuole stare con me. In effetti, ora che mi ha inclusa nell'addestramento dei cani, sono a casa sua ogni sera. Mi accompagna a casa tardi ogni sera e torna a vedermi al mattino con il caffè del Summerdale Sweets, insieme ai suoi cani. Roxie gli ha raccomandato un esperto addestratore di cani da terapia, Brian, per continuare l'addestramento dei cani poco dopo averci scoperto a baciarci nello sgabuzzino. Astuto da parte sua tirarsi indietro.

«Sei sicuro?» gli chiedo.

«Non ho un incubo da due settimane. È il periodo più lungo che abbia mai avuto senza averne uno. E Harry sta veramente imparando come comportarsi in caso di incubi.»

Drew ha finto di avere incubi durante il giorno e ha addestrato Harry a toccarlo e leccargli la faccia. Una volta sicuro che Harry abbia imparato, lavorerà con l'addestratore per insegnare a Harry a fare il controllo del perimetro, controllando la stanza da un angolo all'altro. È un'attività *soldatesca* che calma Drew.

«Okay» dico.

Lui mi bacia la guancia e mi stringe. «Brian dice che sarà più facile per Harry se la mia compagna è lì per avvertirlo che ho un incubo.»

«Ah, allora è solo il prossimo passo nell'addestramento?» dico scherzando.

Lui mi volta verso di lui, con l'espressione seria. «Sei una parte importante perché spero che farai parte in permanenza della mia vita. Io ti amo, Audrey.»

Il mio cuore manca un attimo e poi scoppio a piangere. È la prima volta in cui pronuncia quelle parole, anche se dentro di me lo sapevo.

«Che cosa c'è che non va?» mi chiede Drew, inorridito.

Mi asciugo le lacrime. È bello sentire le parole. I cani mi corrono intorno alle gambe, appoggiandosi a me nella loro forma di abbraccio. «Va tutto bene, ragazzi. Sono solo felice.»

Drew si china per guardarmi negli occhi, controllando se sono sincera. «Sei sicura?»

Annuisco. «Sicurissima. Ti amo anch'io.»

Lui mi prende in braccio, mi porta in casa e mi aspetto una lunga sessione di sesso. I cani trotterellano felici al suo fianco, probabilmente sperando che questa volta non saranno esclusi dalla camera. Spiacente, Harry e Truman. Solo umani.

Drew mi appoggia in mezzo al letto, fermandosi per ordinare ai cani: «Andate al vostro posto». I cani hanno due comodi lettini in un angolo del soggiorno. È il loro posto. Dormono anche qui, in altri due lettini, che però Drew non chiama il loro posto.

I cani si precipitano al loro posto e si acquietano immediatamente. Li chiamerà più tardi e li inonderà di affetto. Funziona.

«Sono anch'io al mio posto» dichiaro, togliendomi il maglione leggero e slacciando il la chiusura anteriore del reggiseno.

Drew si lancia su di me, mettendosi a cavalcioni. «Sì, è vero.» Mi bacia, togliendomi il reggiseno, e poi mi accarezza dappertutto. Mi sciolgo sotto il suo tocco mentre le mani risalgono verso la mia gola, le clavicole, la schiena e poi tornano ad accarezzarmi il seno. Non ha fretta, e c'è tenerezza nel suo tocco. Come se fosse particolarmente attento con me.

Si china indietro, appoggiandosi ai talloni e si toglie la maglia a maniche lunghe di cotone. Io mi metto seduta, accarezzandogli il bel torace, sorridendo meravigliata. Mi sbalordisce ancora avere questo corpo sexy per farne ciò che voglio.

Mi tira verso di lui prendendomi in vita e facendomi stendere sulla schiena per potermi togliere i leggings e le mutandine.

«Mettiti nudo anche tu» dico.

Drew mi obbedisce, spogliandosi in fretta e poi coprendomi con il suo corpo. Sospiro al piacere della pelle sulla pelle, il calore e la durezza del suo corpo che ammorbidisce il mio.

Gli faccio scorrere le dita tra i capelli sulla nuca, tirandolo vicino per un bacio.

Drew alza la testa, guardandomi negli occhi. «Ti amo così maledettamente tanto. Non riesco a credere a quanto sono fortunato ad averti nella mia vita.»

Mi si riempiono gli occhi di lacrime. Mi sta veramente aprendo il suo cuore. «Ti amo anch'io, tantissimo.»

Drew mi bacia teneramente, in modo riverente, lunghi baci che mi lasciano a fluttuare in un mare di sensazioni. La sua bocca scivola sul lato del mio collo, facendosi lentamente strada lungo il mio corpo. Gli accarezzo la schiena e le spalle finché non riesco più a raggiungerlo, in fondo, fino alle mie caviglie.

Allargo le gambe. «Sono pronta per te.»

Lui guarda famelico ciò che sto offrendo e si lecca le labbra. Mi sento pulsare. Allungo la mano verso di lui, che mi bacia lentamente risalendo lungo la coscia. Tremo mentre mi bacia l'interno della coscia prima di spostarsi finalmente al centro del piacere.

Allargo le braccia, arrendendomi all'intensa cavalcata a cui mi sottopone usando le dita, le labbra e la lingua per portarmi sempre più in alto, per poi riportarmi giù solo abbastanza da rendermi disperata di tornare in cima.

Gemo a lungo. «Sono così vicina.»

«Lo so. Ed è proprio dove mi piace tenerti.»

Le mie dita si conficcano nelle lenzuola mentre i miei fianchi si muovono al suo ritmo. Quest'uomo è magico. Un magico torturatore. Il mio corpo diventa di colpo rigido come un arco, con la testa gettata indietro e poi Drew mi spinge oltre il limite. Grido il suo nome mentre l'orgasmo mi colpisce forte, fino in fondo.

Drew risale il mio corpo, rivolgendomi un sorriso sexy.

«Così bello» sussurro roca e poi grido quando mi mette una mano sul sesso. Gemo mentre ondula dolcemente la mano avanti e indietro, portandomi un'altra ondata di piacere.

Drew affonda il naso nel mio collo e gli avvolgo intorno le braccia con un sospiro. Mi morde il tendine e spalanco gli occhi, con ogni nervo che torna in vita. È il suo modo per risvegliarmi dal torpore post-orgasmico, pronta per continuare.

Lo bacio appassionatamente, passandogli le dita tra i capelli. Lui interrompe il bacio solo per il tempo di prendere un preservativo e poi è sopra di me, che si spinge dentro lentamente.

Mi prende il volto tra le mani. «Questo è per sempre, Audrey. Sei quella giusta per me.»

«Sì, sei sempre stato tu.»

E questa volta è diverso. Un lento trovarsi, una fusione di corpo e anima, mentre ci guardiamo negli occhi, riconoscendo la perfezione del nostro legame. Il piacere cresce lentamente e Drew capisce quando ho bisogno di più, colpendo proprio con l'angolazione giusta. La sua bocca ingoia il mio grido mentre vengo, inarcandomi impotente sotto di lui. Mi segue con il suo orgasmo qualche momento dopo, con un gemito gutturale.

Va in bagno, poi torna a letto, si sdraia sulla schiena e mi tira verso di sé, sistemando le coperte. Sa che sento freddo una volta finita l'azione e ho bisogno delle coperte. Mi ama davvero. Immagino si possa dire che parla il linguaggio di Audrey proprio come io parlo il suo. Succede quando si raggiunge un certo livello di intimità.

Alzo la testa. «Non sono mai stata più felice.»

Drew sorride e mi bacia. «Anch'io.»

Si sente un guaito arrivare dal soggiorno.

«Ti dispiace?» mi chiede Drew.

«Assolutamente no.»

Drew scende dal letto, apre la porta e dice: «Harry, Truman, venite». Poi si tuffa nuovamente nel letto.

I cani si mettono accanto al letto dalla parte di Drew, scodinzolando; sembrano entusiasti. Giuro che stanno sorridendo.

Do un colpetto al letto. «Salite.»

I due cani saltano sul letto e ci leccano le facce prima di sistemarsi felici accanto a noi. Harry si stringe in mezzo, Truman contro la schiena di Drew.

«Il branco è tornato insieme» dice Drew.

«La famiglia.»

«Un giorno» dice chinandosi oltre Harry per baciarmi «avremo una nostra famiglia.»

Rido quando Harry tenta di baciarmi anche lui leccandomi le labbra. Lo respingo prima che riesca a stabilire un contatto. «Questo è un buon allenamento.»

15

È arrivata la Sagra di Primavera! Stiamo avendo la migliore partecipazione di sempre, e sono sicura che sia grazie alla crescente popolarità del Generale Joan, ora conosciuta come il Generale dei Cani. Sto scherzando. È conosciuta come Joan Ellis, la favolosa ritrattista di cani. Dopo aver dipinto il ritratto dei cani delle coppie locali che, dice lei, avrebbe aiutato a mettersi insieme, ha cominciato a dipingere il ritratto dei cani del rifugio, per attirare l'attenzione su di loro. Poi hanno pubblicato un articolo sulla rivista *Dog Lovers*, che ha portato gente da tutta l'area dei Tre Stati: New York, Connecticut e New Jersey, per vedere le sue opere e commissionarle il ritratto dei loro cani. Che ispirazione a seguire i propri sogni a ogni età.

Abbiamo le solite giostre, una ruota panoramica, una piccola montagna russa per bambini, lo Scrambler e altre giostre progettate per ruotare e lasciarti cadere abbastanza forte da farti vomitare lo zucchero filato. È una soleggiata domenica di maggio, il periodo dell'anno che preferisco.

Drew mi mette un braccio sulle spalle. «Andiamo sulla ruota panoramica.»

«Okay, e dopo ho bisogno di frittelle per cena.» Sta diventando tardi, il sole sta cominciando a tramontare.

Drew mi bacia. «Ne hai *bisogno*?»

«Sì, è un cibo obbligatorio per la Sagra di Primavera.»

Mi indica la folla intorno al Generale Joan, che è davanti al suo cavalletto e sta copiando una fotografia ingrandita di un meticcio di Springer Spaniel, il nuovo cane di sua nipote Harper. C'è un grosso faro che illumina la pittrice al lavoro. «E pensare che noi la conoscevamo prima...»

«E pensare che ci ha aiutati a metterci insieme» dico ridendo.

«Le sarò grato in eterno. Un po' però è anche merito nostro.»

«E delle nostre amiche che ci hanno rinchiusi in quella stanza.»

Sorride. «E di Harry e Truman che mi hanno aiutato a guarire.»

Gli metto le braccia intorno alla vita. Non solo si è aperto con l'aiuto dei cani, ma sta anche andando da uno psicologo per affrontare i traumi del passato. Dice che si sente un uomo nuovo. Per quanto mi riguarda, ho sempre saputo che uomo era. Dal bravo ragazzo, che si era sempre occupato dei fratelli minori e che aveva sempre fatto in modo che tutti si sentissero inclusi, al nobile soldato al mio amore eterno.

Facciamo la fila per la ruota panoramica. È molto alta. C'è gente che fa dondolare i sedili.

Gli afferro il braccio. «Promettimi che non muoverai un muscolo una volta che saremo seduti. Posso sopportare l'altezza, purché non mi sembri di rischiare di essere sbalzata fuori da un momento all'altro.»

«Tranquilla. Spero che Harry e Truman si stiano divertendo con i loro cugini.»

Aww. È così carino che Drew si comporti come se i suoi cani avessero dei cugini. Li ha lasciati a casa di Sydney e Wyatt per farli giocare con Palla di Neve e Rexie. È un bene per loro socializzare con altri cani. A Wyatt piace portare i cani nel suo enorme cortile e lanciare la palla per loro.

«Sono sicura che si stiano divertendo da matti.»

Il bigliettaio controlla i nostri braccialetti e ci indica di salire su una delle gondole. Appena la ruota comincia a girare, Drew mi prende la mano, avvolgendola con entrambe le sue. «Ho organizzato una sorpresa che spero ti piacerà. Ha a che fare con il tuo libro.»

Mi sento stringere lo stomaco. *Che cosa ha combinato questa volta?*

La ruota si ferma quando sale il nuovo gruppo. Drew mi guarda ansioso.

Io mi faccio forza. «Okay, dillo e basta.»

«È una bella sorpresa. Ricordi che volevi fare un tour promozionale?»

«Sì» dico cauta.

«Ho fatto in modo che ci sia una versione cartacea del tuo libro nei negozi di souvenir dei musei e monumenti a tema militare, in tutto il paese. Tutti quelli con cui ho parlato hanno detto che sarebbero stati lieti che li visitassi e firmassi le loro copie. Potremmo prenotare un tour insieme, da Pearl Harbor nelle Hawaii fino alla *USS Constitution* nel Massachusetts.»

Resto a bocca aperta. «Sei serio? Come sei riuscito a convincerli a tenere il libro?»

«Ho solo detto loro che le vendite e le recensioni erano stellari e ne ho parlato benissimo. Inoltre ho offerto la spedizione gratuita.»

Non sono su nessuna lista dei bestseller, ma le vendite sono state buone. Io non avrei mai fatto una simile mossa audace.

«Ma non mi hai chiesto di ordinare altre copie d'autore» dico. «Dev'essere stato tremendamente costoso.»

«Ho fatto in modo da registrarmi come grossista, con un mio account. Il tizio che gestisce la tua pubblicità mi ha dato le indicazioni giuste. Non è stato facile, ma dopo parecchie e-mail e chiamate all'assistenza ci sono riuscito. Spero di non aver superato i limiti.»

Resto a bocca aperta un'altra volta. Proprio in quel momento la nostra gondola arriva proprio in cima, dove si ferma di colpo per far salire altra gente. Il mio stomaco si rovescia e stringo la barra di sicurezza tanto da avere le nocche bianche. Non so se sono spaventata dall'altezza o da quanto Drew continua a fare senza che io lo sappia.

«Va tutto bene?» mi chiede, togliendomi i capelli dal volto in un gesto affettuoso. Sa che mi piace quando giocherella con i miei capelli.

Risucchio il fiato. «Sto bene. Siamo piuttosto in alto.»

«Non preoccuparti. Potrei facilmente salvare entrambi se qualcosa andasse male.»

Chiudo gli occhi. «Per favore, non farmelo immaginare.»

«Sto solo dicendo che ne sarei capace.»

«Sì, lo so. Probabilmente è il motivo per cui sei ancora vivo.» Mi obbligo ad allentare la stretta e lo guardo negli occhi. «Sono contenta che abbia organizzato il tour per me. Grazie per tutto quello che hai fatto per sostenere me e il mio libro.»

Lui mi sorride felice. «Prego.»

«Ma sai che non mi piacciono molto le sorprese, specialmente quelle che hanno a che vedere con il mio libro. Da ora in poi, cerchiamo di organizzare le cose insieme. Sarà comunque divertente, no?»

Lui si acciglia. «Ma questo è il mio grande gesto. È indispensabile prima del grande momento.»

Aggrotto le sopracciglia. «Quale grande momento?»

Lui fa un gesto verso l'operatore e la ruota panoramica si illumina di tutti i colori. È così bello. Mi guardo intorno e noto i miei amici in gruppo, molto più in basso. Ci sono tutti, anche i bambini nei passeggini o nei marsupi. Jenna, alta com'è, si sposta e vedo che ci sono anche i miei genitori. È strano. Questo fine settimana dovevano preparare gli scatoloni. Hanno venduto la casa e la ditta di traslochi arriverà lunedì.

Mi volto a guardare Drew. «Non ho visto i miei amici o i miei genitori alla sagra e adesso all'improvviso sono tutti qui. Non è strano?»

«Sono qui per essere testimoni di questo.» Toglie una scatolina di velluto dalla tasca e la apre, mostrando un anello di platino con un diamante rotondo.

Mi metto una mano sulla bocca, sbalordita. Non dovrei essere così sorpresa. Drew dice da un po' che con me è per sempre. Non sapevo che sarebbe successo proprio adesso!

«Respira. Non puoi svenire durante il nostro grande momento.»

Annuisco e faccio un respiro tremante.

«Audrey, non ricordo un tempo in cui non facevi parte della mia vita. Dalla dolce ragazzina con gli occhi adoranti che mi seguiva...»

Gli do un pugno scherzoso sul braccio.

«Alla donna che sei adesso. Una donna dolce, generosa e gentile, con grandi sogni e il coraggio di inseguirli. Ti rispetto per quello e per avermi spinto ad affrontare i miei demoni a viso aperto. Tutto è migliore nella mia vita perché ci sei tu. Ti amerò per il resto della mia vita.»

Mi scendono le lacrime. «Ti amo anch'io.»

Drew mi prende il volto tra le mani e mi bacia. «Vuoi rendermi l'uomo più felice sulla terra e dire che sarai mia moglie?»

Annuisco, con le lacrime che scendono liberamente. «Sì! Sono così felice!»

Drew mi mette l'anello al dito e mi abbraccia. Da terra si sente un grande *urrah*, gridato da amici e famiglia.

Drew si china verso di loro e la gondola pende pericolosamente. Strillo, ma la sua voce è ancora più forte quando dice: «Ha detto sì!».

La ruota panoramica comincia la sua lenta discesa e il mio mondo entra in una nebbia sognante. Sono fidanzata con l'uomo che amo da una vita. E ha programmato un tour promozionale per me!

«Il tour promozionale sarà la nostra luna di miele?» gli chiedo.

Drew mi prende la mano e bacia il palmo, fissandomi negli occhi. «No. Quello è solo per te. Andremo da qualche altra parte per la luna di miele. Dovunque vorrai.»

«Ho sempre desiderato viaggiare. È così eccitante!»

«E sono pronto ad avere figli quando vorrai. So che sarai una madre perfetta.»

Mi fugge qualche lacrima. «Sembra bello. Parliamone dopo il tour e la nostra luna di miele.»

Lui mi bacia. «Spero di avere delle figlie esattamente come te.»

«Che ne dici di maschietti come te?»

«Immagino che andrebbe bene anche quello.»

«Molto più che solamente bene.»

Mi guarda, con gli occhi pieni d'amore. Lo abbraccio stretto.

Appena scendiamo dalla ruota, andiamo dagli amici e dalla famiglia.

Papà sorride contento. «Lo sapevo da quando ci ha invitato alla cena di famiglia. Congratulazioni!»

«Facciamo una fotografia!» dice la mamma. «Oh, congratulazioni anche da parte mia!» Ci indica di spostarci sulla destra per avere la ruota panoramica sullo sfondo e mette a fuoco con la sua macchina fotografica digitale. Proprio come una vera fotografa professionista.

«Bella» dichiara la mamma. «Farò altre foto a casa di Sydney. Qui comincia a mancare la luce.»

«Festa a casa mia» dice Sydney abbracciandomi. «Benvenuta in famiglia, finalmente siamo ufficialmente sorelle. Sono riuscita a far entrare sia te sia Jenna nella mia famiglia, facendovi sposare i miei fratelli. Peccato che Harper abbia fatto di testa sua e abbia sposato un Rourke. Come facevano i Robinson a competere con una famiglia reale?»

Rido. I Rourke che vivono a New York sono i cugini di quelli che vivono effettivamente nel palazzo di famiglia.

«Congratulazioni!» dice Jenna abbracciandomi stretta.

È un abbraccio dopo l'altro mentre tutti i miei amici mi abbracciano e poi tocca ai miei genitori.

«Devi esser stato piuttosto sicuro che avrei detto sì» dico a Drew.

Lui curva le labbra in un sorriso. «Ho corso il rischio.»

«Guardate come è bravo a non apparire compiaciuto» dice

Wyatt. «Promette bene per il matrimonio. Sydney ha sempre detto che sembro compiaciuto. La fa impazzire.»

«No, sembra sempre che tu stia sogghignando, cosa irritante» risponde Sydney.

«Wyatt è il re dei sogghigni» conferma sua sorella Kayla. «Ma gli vogliamo bene lo stesso.»

Wyatt sogghigna. «È solo perché ho sempre ragione.»

«No, sono io quella che ha sempre ragione» dice il Generale Joan apparendo all'improvviso. Ha uno sbaffo di pittura rosa sulla guancia e la rende un po' meno minacciosa. «Ho avuto ragione per ognuna delle coppie che ci sono qui. Prego.»

«E sono lieto per il bel ritratto di Palla di Neve» dice Wyatt, mantenendo la faccia impassibile.

«Sono lieta che abbia lasciato cadere la faccenda del rapimento, Wyatt» dice il Generale Joan annuendo. «Ora è il momento del ricevimento per la pubblicazione del libro di Audrey che aspettavamo da tempo.»

Mi guardo intorno, confusa. «Cosa? Pensavo fosse una festa di fidanzamento.»

Drew mi bacia la tempia. «Ho detto che volevo realizzare i tuoi sogni. Volevi un ricevimento per la pubblicazione, un tour pubblicitario e vedere il tuo libro nei negozi. Ho fatto in modo da organizzare il tour, l'ho fatto inserire nei negozi di souvenir dei musei militari e nella filiale locale di Book It, e adesso avremo il tuo ricevimento.»

Rimbalzo sui piedi. «Sei riuscito a farlo mettere nel Book It?» Non so come, mi sembra la vittoria più grande. È la libreria che frequento nella vicina Clover Park. Mi piace quel posto.

«Io adoro Book It» esclama Kayla. «Dovremo farti una fotografia lì accanto al libro.»

«Ma prima ci sarà il ricevimento nella mia biblioteca» dice Sydney.

Scambio un'occhiata con Drew. È la stanza dove le nostre ben intenzionate amiche ci avevano rinchiusi, sperando che avremmo sistemato le cose. Abbiamo fatto molto più che solo parlare in quella stanza.

Mi metto una mano sulla fronte. «È troppo.»

«Temo che possa svenire» dice Sydney, asciutta come sempre.

Drew mi prende in braccio. «Ci penso io.»

«Portala alla festa» gli dice Sydney mentre Drew si allontana con me in braccio. «C'è troppa torta solamente per noi.»

Chiaramente sta pensando che Drew potrebbe portarmi a casa per un po' di sesso. Ho rivelato alle mie amiche che gli piace prendermi in braccio per portarmi in camera. Che c'è? Ho dovuto rivelare qualche particolare succoso. Ci sono sempre state per me, per tutta la durata della saga Audrey-Drew.

Gli accarezzo il petto. «Mi hai preso una torta?»

«Tra le altre cose» dice misteriosamente.

Uh-uh.

Arrivo a casa di Sydney con il cuore in gola. Non so come farò ad affrontare un'altra sorpresa. C'è silenzio, devono aver messo i cani in salotto dietro un cancelletto. Dopo un po' si sente abbaiare e poi è un concerto. Sono i cani di Wyatt e Sydney, Palla di Neve e Rexie, insieme ai nostri, Harry e Truman. Immagino di vederli come miei adesso. Abbiamo fatto amicizia.

«Giù» ordina Wyatt. I cani si acquietano. «Li porto fuori.»

Un momento dopo nel foyer appare Harper. Ah! Non riesco a credere che sia qui. È una sorpresa favolosa! Crescendo, eravamo sempre io, Sydney, Jenna e Harper. Amiche e sorelle per sempre.

«Harper! Non credevo che ce l'avresti fatta. So che stai girando.»

«Sono venuta solo per il fine settimana, congratulazione per il libro e per il tuo fidanzamento!»

Ci abbracciamo e poi Sydney e Jenna si uniscono a noi per un abbraccio di gruppo tra sorelle.

«E io?» chiede Kayla. È una nuova aggiunta alla nostra sorellanza.

«Venite qua tutte!» dico. Le donne corrono a unirsi all'abbraccio di gruppo. Gli uomini restano indietro, fotografando il nostro momento di felicità.

«È tutto pronto in biblioteca» dice Sydney. «Vai tu per prima, Audrey.»

Faccio un passo avanti e poi mi fermo. «Aspetta un momento... Non è un trucco per rinchiudermi di nuovo, vero?»

«Vengo con te» dice Drew. «Se resteremo chiusi dentro, almeno saremo insieme.»

Agito un dito verso Sydney, minacciandola e vado in biblioteca. «Oh, wow» sussurro. «È tutto così bello.»

I mobili sono stati spostati verso le pareti per far posto a un tavolo in centro con pile del mio libro. Ci sono palloncini con la scritta CONGRATULAZIONI! legati allo schienale di una sedia di pelle dietro il tavolo e una penna che mi aspetta per firmare le copie.

«Vogliamo tutti una copia autografata» dice Sydney, unendosi a noi. «E là ci sono lo champagne e gli stuzzichini.» Indica un lungo tavolo sulla sinistra. «E quando avrai finito, c'è una fontana di cioccolato. So che cosa pensi del cioccolato.»

«Il cioccolato è sacro» dice solennemente Jenna. «È così che la pensano tutti.» Lei lo sa bene, il cioccolato rientra spessissimo nelle sue ricette al Summerdale Sweets.

«Wow, grazie! Grazie!» Scuoto la testa, impressionata, mentre tutti entrano nella stanza, i miei amici e la mia famiglia. «Sono così felice. Grazie di nuovo, a tutti.»

I cani entrano correndo. Harry e Truman mi corrono intorno felici e mi accuccio per accarezzarli.

Wyatt appare al mio fianco con una donna che non conosco. «Audrey, c'è qualcuno che vorrei presentarti.»

Mi alzo in piedi, percependo che è una persona importante. Ha quel look intellettuale che vedo nella cerchia letteraria a New York: occhiali con la montatura nera, un tailleur pantaloni nero molto chic e tacchi alti.

Wyatt la indica. «Questa è Michaela Katz, agente letteraria *extraordinaire*. Ci siamo conosciuti recentemente a una raccolta fondi.»

«Wyatt ha fatto una generosa donazione a una causa molto vicina al mio cuore» dice la donna.

«Ma non è il motivo per cui è qui» dice Wyatt con un gran sorriso.

Sbatto un paio di volte gli occhi, attonita. Wyatt ha convinto un'agente letteraria a venire alla mia festa facendo una donazione? Sento il calore salirmi lungo il collo. È più imbarazzante delle buone azioni di Drew perché adesso ce l'ho davanti.

«Wow, è venuta fin qua per me?» chiedo.

Lei sorride. «Quello e stiamo limando gli ultimi particolari per fondare un ente no-profit per fornire libri ai bambini nei rifugi per senzatetto.»

«È meraviglioso!»

«Audrey, ho letto il tuo libro e ha parlato al mio cuore. Mi interesserebbe molto leggere la tua prossima opera.»

Comincio a sudare e sto per iperventilare. Vi ho detto che non sono brava a gestire le sorprese? Quest'ultima è troppo per una giornata. «Oh.»

Drew appare al mio fianco e mi accarezza la schiena in lenti cerchi. «È un piacere conoscerti, Michaela.»

«È bello conoscerti finalmente di persona» dice lei con gli occhi castani che scintillano.

Risucchio il fiato, cercando di formulare una frase razionale. «Sì. È veramente un piacere conoscerti Michaela e grazie per essere venuta. Ti è piaciuto veramente il mio libro?»

Lei sorride. «Sì, mi è piaciuto molto. Non la prima versione che avevo letto. La versione finale che Drew ha mandato a tutti in città.»

Chiudo gli occhi. Sono così imbarazzata. Ecco perché ha

detto che era bello conoscerlo *finalmente* di persona. Lo conosceva dalle precedenti e-mail.

«Dovevano vedere la versione migliorata» mi dice Drew, come se fosse la cosa ragionevole e logica da fare.

Michaela si rivolge a Drew: «Il cartaceo con la collana di piastrine della protagonista è stato un bel tocco. Saresti bravo come pubblicista».

Drew mi sorride. «Ho un solo cliente a cui fare pubblicità. Aspetta di leggere il suo prossimo libro.»

Alzo una mano. «Drew non l'ha ancora letto perché non è finito, ma mi piacerebbe mandartelo.»

«Perfetto. Ecco il mio biglietto da visita.» Ne prende uno dalla sua piccola borsa nera. «Sei fortunata ad avere una cerchia di amici così solidali.»

«Grazie. Lo so.»

«Un brindisi!» esclama il Generale Joan, alzando il suo calice di champagne. «Beh, che cosa state aspettando? Tutti prendano un calice.»

Ci affrettiamo a prendere un calice, ridendo e sbattendo uno nell'altro. La nostra severa insegnante di terza elementare ha ancora una forte influenza su di noi.

Una volta che siamo tutti a posto, il Generale, cioè l'artista Joan Ellis, dice: «Ad Audrey, una persona e una scrittrice meravigliosa».

«Ad Audrey!» dicono tutti in coro.

Arrossisco. «Grazie a tutti.» Bevo un sorso di champagne. «Non sarei la persona che sono oggi senza ognuno di voi nella mia vita.»

«Adesso vai lì e firma qualche libro» ordina il Generale. «Il ricevimento è per quello.»

Prendo posto dietro al tavolo e si forma una fila. Ognuna delle persone che si avvicina mi rivolge un gran sorriso. Mi sento stringere il petto per tutto l'amore che sto sentendo, ho la gola chiusa per l'emozione. È cominciato tutto con le mie sorelle del cuore: Sydney, Jenna e Harper. Ora è tutta una famiglia estesa, composta da più generazioni. Sono così fortunata. Sono figlia unica e ho sempre desiderato una grande famiglia.

Faccio un selfie con ognuno di loro. Voglio catturare questo momento per sempre.

Sydney incinta di due gemelli che nasceranno il prossimo mese, insieme a suo marito, Wyatt e Quinn, la loro bambina di un anno.

Jenna ed Eli con Theo, di sette mesi.

Harper e Garrett con Caroline, di due anni, e il figlioletto di tre mesi, Owen.

E adesso la nostra famiglia è cresciuta ancora.

Kayla e Adam con Benjamin, di due mesi.

Sloane e Caleb, con Riley, di sei settimane.

Brooke e Max. Lei è incinta di quattro mesi ed è entusiasta.

Skylar e Gage, che vogliono aspettare prima di avere figli.

Galena e Levi. Lei è incinta, ma vuole tenerlo segreto. Shh! L'ha detto a Kayla che l'ha detto a me e Dio sa a quanti altri.

Eve e Dominic, con Nora, la figlia di Dominic.

E, ovviamente, i miei genitori e la matriarca del nostro clan, la favolosa artista Joan Ellis.

Quando finisco di firmare i libri di tutti, faccio segno alla mamma. «Dobbiamo fare una fotografia di gruppo! Voglio che ci siate anche voi. Hai portato il tripode?»

«Ne ho uno io» dice Wyatt. «Faccio continuamente fotografie di Quinn con Palla di Neve e Rexie.»

Sydney scuote la testa. «Nostra figlia e le sue altre due figlie.»

«Ehi. I cani fanno parte della famiglia» risponde Wyatt. «Torno subito.»

«Raccoglietevi tutti intorno ad Audrey» dice la mamma. «Audrey, tesoro, solleva il libro per la foto.»

Una volta che è tutto pronto, tutti appiccicati insieme, sollevo il libro e sorrido. Palla di Neve è in braccio a Wyatt e Rexie è al suo fianco. Harry e Truman sono seduti davanti a Drew.

La mamma imposta il timer sulla macchina fotografica e facciamo parecchie foto sorridendo e facendo facce buffe finché i bambini non cominciano ad agitarsi. C'è perfino una foto della piccola Riley con Harry e Truman che ululano. Sono cani sensibili.

«Quest'estate dovremo incontrarci per fare una fotografia con tutti i cani» dico. Quasi tutti hanno un cane adottato al rifugio per animali di Summerdale.

«Dopo il tour» dice Drew. «Speravo di poter andare in giugno, quando il tempo è bello.»

«A me sembra perfetto. Aspetta, hai già programmato l'intero tour?»

Lui mi rivolge un sorriso abbagliante. «Sì, ma è soggetto alla tua approvazione. Puoi cambiare o modificare tutto quello che vuoi.»

«L'avevo detto, un ottimo pubblicista» dice Michaela.

«Rivedremo insieme l'itinerario.» Sono entusiasta che abbia fatto tutte quelle cose meravigliose per me e il mio libro, ma devo poter dire la mia.

«Siete tutti invitati qui per il Quattro Luglio» annuncia Sydney. «Segnatelo sul calendario. Portate i vostri cani.»

«E anche i bambini» dice Wyatt.

«Sembra quasi che i bambini siano equiparati ad animali domestici» dice Sydney.

«No, sembra solo che questa casa accolga volentieri bambini e animali» replica Wyatt. «Tu dovresti alzare le gambe. Le tue caviglie sono già abbastanza gonfie.» Tira verso di lei una sedia imbottita. Sydney sospira ma si siede. Coi due gemelli il pancione è veramente enorme.

Michaela si avvicina a me, spiegandomi come lavora con i clienti e come vorrebbe procedere. Sono così presa dalla nostra conversazione che non noto quello che stanno facendo i miei amici.

«Ai ricevimenti per la pubblicazione a cui ho partecipato in Città c'è sempre musica» dice Michaela, scuotendo un po' i fianchi. «Ci piace ballare.» Sorride e indica dietro di me.

Guardo proprio quando si accende un karaoke. Le mie amiche si riuniscono intorno al microfono per cantare *At last* (Finalmente) di Etta James.

Sono terribilmente stonate, e ne adoro ogni nota.

E poi Drew mi abbraccia e balliamo sulle note della canzone che non potrebbe essere più perfetta per noi. Finalmente possiamo stare insieme come avevo sempre sperato.

«Come farò a renderti tutto quello che hai dato a me?» gli chiedo mentre balliamo. «Hai fatto l'impossibile per realizzare i miei sogni.»

Lui mi prende il volto tra le mani. «Tu sei il mio sogno. Tutto ciò di cui ho bisogno sei tu.»

Sorrido, con gli occhi lucidi di lacrime.

Drew si china per sussurrarmi all'orecchio: «Non vedo l'ora che siamo soli questa notte».

Ho un brivido. «Non posso sopportare molta più eccitazione.»

«L'accetterai e ti piacerà.»

Lo bacio. «L'amerò proprio come amo te.»

Mi tiene stretta. Harry e Truman si appoggiano a noi nella loro forma di abbraccio.

«Portate la torta a forma di libro» ordina il Generale.

«Dopo la torta, voi due potrete andare a casa per un po' d'amore» ci dice il Generale.

Smettiamo di ballare. Cerco di non ridere e mi guardo intorno. Stanno tutti cercando di non ridere.

«Che c'è di così divertente?» chiede il Generale. «È ora che questi due si godano un po' d'amore. Sono anni che si girano intorno.»

«Sta dicendo quello che penso stia dicendo?» chiede Wyatt.

«Sì!» rispondiamo all'unisono.

Il Generale ci ha dato la sua benedizione per un po' di divertimento da adulti.

Cercherò di non pensare a lei quando succederà.

EPILOGO

Diciassette anni dopo...

Drew

L'atrio della biblioteca di Summerdale è pieno di gente, ma il vero movimento è nel loft, dove stanno filmando *Breakdown*, il quarto libro di Audrey, un romanzo d'azione in ambiente militare che comincia con uno scambio di messaggi segreti nella biblioteca. Audrey ha sempre detto che la biblioteca sarebbe stata il posto ideale per un intrigo. Anche con gli amici che abbiamo nell'industria dell'intrattenimento, ci sono voluti cinque anni prima che il suo libro diventasse finalmente un film.

Braccia magre si avvolgono intorno al mio collo da dietro e mia figlia mi salta sulla schiena. C'era un tempo in cui non avrei sopportato che qualcuno mi arrivasse alle spalle. Avere i cani da terapia, incontri regolari con lo psicologo per il PTSD e tre figlie femmine mi hanno curato. Mi guardo alle spalle per vedere qual è delle ragazze. Gwen. Ha quattordici anni, minuta come Audrey ma più atletica. La sua gemella, Camille, le tira la spalla cercando di farla scendere. Anche se sono gemelle eterozigote, si assomigliano tanto che la maggior parte della gente le crede gemelle identiche. Hanno i miei stessi colori, capelli scuri e occhi castani, con la faccia carina della loro madre, guance rotonde e mento a punta.

«Gwen,» sussurra Audrey «scendi dalle spalle di tuo padre. Ho detto che avreste potuto venire solo se foste state zitte.»

Gwen scende e sussurra: «Non stavo parlando».

Camille mi salta sulla schiena e la sloggio gentilmente. Si sposta, assumendo una posizione di combattimento e scuoto la testa sorridendole. Tutte e tre le mie figlie sono cintura nera. La maggiore, Joan, di sedici anni, non mi salterebbe mai addosso, anche se è affettuosa. Aspetta in silenzio di fianco al gruppo.

Audrey punta il dito verso le gemelle, con uno sguardo severo. È un'ottima madre. Trova il tempo per relazionarsi con ognuna delle ragazze, tenendo aperte le vie di comunicazione ma non permettendo loro di cavarsela se fanno stupidaggini. Io ho un debole per loro e potrei essere più indulgente.

Mi chino e metto un braccio intorno a Joan, tirandola vicina. Lei mi sorride dolcemente. L'abbiamo chiamata così in onore del Generale Cupido Joan. Riconosco a Joan Ellis il merito di avermi aiutato a stabilire un legame con Audrey in un momento in cui non sapevo come farlo. Joan aveva goduto di un rinascimento artistico, dipingendo ritratti di cani e poi incorporando gatti e perfino ogni tanto un uccello nel suo repertorio. La nostra piccola Joan andava spesso a trovare la sua omonima, che le aveva insegnato a dipingere. Ha un animo artistico. La vecchia Joan è morta sette anni fa, all'età di centouno anni. Mancherà a tutti e nessuno la dimenticherà.

«Stop!» dice il regista, Levi Appleton. «Buona! Bel lavoro. Abbiamo finito.» Si è dimesso da sindaco di Summerdale un po' di tempo fa per fare il regista ed è subentrato Wyatt Winters, che ha fatto parecchie migliorie in città, inclusa la costruzione di un parco per cani e un nuovo centro comunitario.

La troupe comincia a ritirare le attrezzature e gli attori scendono nell'atrio, dove siamo noi.

Audrey mi afferra il braccio. «Non è stato eccitante? Non vedo l'ora che filmino a New York.»

«Possiamo venire a vedere anche lì?» chiede Gwen, come se fosse la prima volta che lo chiede. Direi più la centesima.

«Per favore, mamma» la implora Camille. «Non importa a nessuno se perdiamo la scuola.»

«A *me* importa» dice Audrey. «Oggi era la vostra unica giornata. Un giorno di assenza è più che sufficiente.»

«Recupereremo in fretta» dice Gwen. Si volta verso di me facendo gli occhi da cucciolo. «Papà?»

Sta sperando che sia più facile con me. Audrey e io facciamo sempre fronte unico quando si tratta delle ragazze, a meno che arrivino a me per primo. Non hanno ancora imparato bene quella strategia. «Non salterete ancora la scuola. E non cercate di avere una risposta diversa da me. La mamma e io condividiamo tutte le decisioni.»

Audrey mi sorride, gonfiando il petto. Adoro ancora farla felice. Sta lavorando al suo decimo libro, ciascuno migliore del precedente. Io gestisco ancora il dojo e lavoro anche con il mio attuale cane da terapia, un meraviglioso pastore tedesco chiamato Patton (dal nome del famoso generale) come ambasciatore del programma Best Friends Care. Visitiamo gli ospedali militari e parliamo loro dell'associazione e del valore dei cani da terapia per i veterani.

Audrey viene circondata in fretta dalle sue amiche e mi tiro indietro con un sorriso mentre le donne parlano con entusiasmo del progetto. È stata una vera collaborazione e hanno incluso Audrey in ogni passaggio, come consulente. C'è Eve, che ha fatto l'adattamento del libro scrivendo la sceneggiatura, Harper Ellis e Josie Abbott, che recitano entrambe nel film, insieme a Claire Jordan, la produttrice e anche lei famosa attrice. Accanto a Claire c'è una splendida giovane attrice bionda; ascolta ma non interviene nella conversazione. Beh, le donne sono più vecchie di lei, che sembra sulla ventina.

«Sarebbe strano se chiedessi l'autografo a Shay Adler?» chiede Gwen a Camille.

Stanno fissando la ragazza bionda. Sto per dire a Gwen

che dovrebbe probabilmente mantenere una rispettosa distanza quando Camille le risponde sbuffando.

«Dovresti far finta di niente quando c'è gente famosa. È quello che ha detto la mamma quando abbiamo incontrato Claire Jordan a casa sua.»

«Solo perché hai messo tutti fottutamente in imbarazzo strillando e abbracciandola» ribatte Gwen.

«Non dire parolacce» dico, anche se francamente non m'importa come parlano. Audrey vuole che trovino modi più creativi di esprimersi.

Joan ride piano alle buffonate delle sorelle.

«Peccato che suo figlio non fosse in casa quando ci siamo andate» dice Gwen, facendo un gesto che credo significhi che è sexy da morire.

«Cosa? Quale figlio?» Devo sapere che ragazzo devo spaventare a morte. Le gemelle sono pazze per i ragazzi, al contrario di Joan. Ho avuto vita facile con lei. Finora, almeno.

«Owen» dice Gwen, mentre Camille dice: «Rafael».

«Assolutamente no. Owen è molto più sexy» dice Gwen.

Camille ruota il collo. «Hai visto Rafael in smoking sul tappeto rosso?»

«Puah! Lo stai stalkerando?» le chiede Gwen. «Mi è capitato di vedere la fotografia di Owen sulla mensola del camino e, messi uno accanto all'atro, non c'è confronto. Dio, che muscoli!»

«Ragazze» sibilo. «Basta! Sono entrambi troppo grandi per voi e non uscirete con un ragazzo finché non avrete diciotto anni.»

Loro mi fissano a occhi sgranati prima di scoppiare a ridere.

«Che c'è di così divertente?» chiedo. «Joan ha sedici anni e non la vedete certamente uscire con qualcuno.»

«Papà,» dice Joan sottovoce, con le guance che diventano rosa «non parlare di me.» Sgattaiola via, andando da Audrey per proteggersi dalla cappa di imbarazzo che c'è qui.

«Oh mio Dio, è qui» dice Gwen, lisciandosi i lunghi

capelli. «Come sto?» Si rivolge a Camille, che però si è già precipitata verso il tizio.

Camille fissa un uomo imponente con corti capelli scuri e un'espressione circospetta. Militare? È sui venticinque e significa che non c'è motivo per cui parli con la mia ragazzina.

Vado da loro, pronto a interferire. Sinceramente, le gemelle sembrano più adulte di quanto siano e Audrey ha permesso loro di truccarsi per questa occasione speciale. Sapevo che l'eyeliner era un errore.

«Tu devi essere Owen» dice Camille con la voce sospirosa. «Ho visto la tua fotografia a casa di tua madre. La mia è l'autrice del libro da cui è tratto questo film.» È Gwen quella che ha visto la fotografia sulla mensola, ma Camille l'ha detto tranquillamente come fosse stata lei.

Lui annuisce.

«E io ti ho visto sul tappeto rosso» dice Gwen, mettendosi una mano sul fianco e facendolo sporgere. Dove l'ha imparato? Immagino che ci fosse tutta la famiglia sul tappeto rosso.

«Owen, sei qui» dice Claire, allontanandosi dal gruppo di donne per abbracciare il figlio, molto più alto di lei. Lui l'abbraccia a sua volta, dando un'occhiata di sottecchi alle mie figlie che gli sorridono come se fosse il loro eroe. Sono *io* il loro eroe.

«Avevi detto che volevi vedermi subito» risponde Owen. Si guarda attorno. «Dov'è Frankie?»

«Sta aspettando fuori» dice Claire. «Comunque, questa è la città natale di Harper. Ha detto che non avremmo dovuto preoccuparci della sicurezza qui. È un set chiuso e tutti quelli con cui lavoriamo sono amici intimi.»

Owen annuisce e poi si irrigidisce quando nota di colpo la bella bionda, Shay Adler. Le gemelle notano lo sguardo e si danno una gomitata. Io cerco di farmi notare per chiedere loro di allontanarsi da una conversazione che non hanno il diritto di ascoltare, ma sono incollate alla scena.

Owen stringe i denti. «Se è una cosa che ha a che fare con *lei*, allora passo.»

Shay si avvicina e Owen incrocia le braccia muscolose sul petto. Questo tizio si dà decisamente da fare con i pesi.

«Ascoltami per favore» dice Claire a Owen. «A Shay servirebbe veramente l'aiuto della tua società.»

Lei tiene la bocca chiusa.

«Sei una guardia del corpo?» gli chiede Gwen.

Lui la ignora, con lo sguardo fisso su Shay, che adesso è accanto a Claire, la quale le stringe la mano prima di guardare direttamente me. Capisco il messaggio.

«Okay, questa è una conversazione privata.» Metto la mano sulle teste delle mie figlie impiccione e le faccio voltare. Sfuggono da sotto le mie mani e si fiondano via, sussurrando ferocemente tra di loro. Sento un "così imbarazzante" e "rovina tutto".

Le ragazze possono dire quello che vogliono di me, purché stiano al sicuro. Inoltre Claire voleva che la sua conversazione restasse privata e non voleva fare la parte della cattiva con le ragazze. È molto generosa e gentile con i ragazzi, perfino con delle adolescenti che non capiscono l'antifona.

Audrey mi appare al fianco. «Vanno tutti a bere qualcosa all'Horseman Inn. Ci stai?»

«Vai tu. Io porterò a casa le ragazze e farò uscire Patton.» L'ho lasciato a casa durante le riprese oggi, ma non gli piace stare a lungo lontano da me e la cosa è reciproca.

Audrey mi stringe il braccio. «Possiamo lasciarle a casa e portare Patton con noi. Joan si assicurerà che le gemelle restino fuori dai guai.»

«Okay, mi sembra un buon piano.»

«Dove sono le gemelle?»

Mi guardo attorno. Joan è vicina all'ingresso e sta controllando le nuove uscite e le gemelle sono sparite.

Audrey ha il telefono in mano e sta messaggiando. «Okay, sono vicine all'auto. Gwen dice che le hai messe in imbarazzo molto oltre.»

«Oltre cosa?»

«Oltre il ragionevole, immagino. Non lo so, che cos'è successo?»

«Stavano facendo le ficcanaso e interrompendo una conversazione privata tra Claire e suo figlio. Hanno una cotta inappropriata per lui.»

Lei guarda Owen che sta ascoltando sua madre, con un'espressione pazientemente ostinata. Non credo che accetterà di fare qualunque cosa gli stia suggerendo sua madre se ha a che vedere con Shay. Magari hanno avuto una storia.

«È favoloso» dice Audrey. «Capisco perché le ragazze abbiano una cotta.»

«Sono troppo giovani per lui.»

«Oh, lo so, ma le capisco. Io avevo un'enorme cotta per te fin da quando ero piccola. Ricordo ancora di averti conosciuto quando avevo sei anni e tu undici. Pensavo che fossi il ragazzo più carino che avessi mai visto.»

Sorrido e le bacio la tempia. «Continua.» È la mia storia preferita, quella in cui lei si è innamorata di me al primo sguardo.

«E volevi giocare a basket nel vialetto e hai invitato noi ragazze perché i tuoi fratelli non erano a casa. Mi hai offerto di mettermi su una cassetta in modo che il gioco fosse equo.»

«Eri una cosina.»

«Mi avevi incluso e significava moltissimo per me.»

«Sydney, Jenna,e Harper si erano offese per quella concessione.»

«Io avevo capito le tue buone intenzioni. È stato allora che ho capito che ti avrei amato per sempre.

Le sorrido e la bacio.

Indico a Joan che stiamo andando ed esco con il braccio intorno alla mia bella moglie. «E io ho capito che ti avrei amato per sempre quando ti sei presentata a una festa senza le mutandine, solo per me.»

«Shh!»

«Joan è già uscita. In effetti è successo quando mi ha hai affrontato a muso duro, spingendomi ad affrontare i miei demoni. Te ne sarò grato per sempre. Mi hai aperto il cuore, rendendomi un uomo migliore.»

«Il merito è tuo. Sei tu che hai fatto tutto il lavoro.»

Mi fermo fuori dalla biblioteca e la bacio. «E ogni giorno da allora è stato un altro giorno di felicità.»

Alle nostre orecchie arriva un forte gemito adolescenziale. «Non potreste almeno aspettare di essere a casa prima di questa roba disgustosa?» chiede Camille.

«Già, non vi siete già baciati abbastanza a questo punto?» aggiunge Gwen.

Audrey fa una bella risata. «Un giorno vi innamorerete e non ci saranno mai abbastanza baci.»

Gwen fa una smorfia. «Puah! Non quando sarò vecchia come voi due. Papà, per favore, apri l'auto. Sto morendo di imbarazzo ogni minuto di più. Non posso...»

Sblocco le portiere e le gemelle si precipitano sul sedile posteriore. Joan le raggiunge e aspetta pazientemente che Gwen si sposti per farle spazio.

«Oggi si è avverato un sogno» dice Audrey, sorridendomi.

«Ogni giorno con te è un sogno che si avvera.»

Audrey mi abbraccia e io la tengo stretta. Completamente soddisfatto.

Suona un clacson. Tutte e tre le ragazze stanno gesticolando selvaggiamente per farci salire in auto.

«Sembra che non vedano l'ora che le raggiungiamo» dico.

«Giuuustooo» risponde Audrey.

Ci avviamo verso casa nel silenzio imbronciato delle gemelle e con Joan insolitamente chiacchierona, che sembra aver trovato affascinante l'uso della luce durante le riprese.

Sorrido ad Audrey che ricambia il sorriso. Sento il cuore che si allarga in mezzo. Sono un uomo fortunato. Un uomo con una famiglia.

Se non conoscete la serie, cominciate con *Fetching - Wyatt*.

E non perdetevi *Rogue Beast - Garrett*, dove appare per la prima volta la stravagante comunità di Summerdale, insieme ai nemici-amici, Sydney e Wyatt.

Iscrivetevi alla mia newsletter per non perdervi le nuove uscite: https://www.kyliegilmore.com/ITnewsletter

ALTRI LIBRI DI KYLIE GILMORE

Storie scatenate

Fetching - Wyatt (Libro No. 1)

Dashing - Adam (Libro No. 2)

Sporting - Eli (Libro No. 3)

Toying - Caleb (Libro No. 4)

Blazing - Max (Libro No. 5)

Chasing - Spencer (Libro No. 6)

Daring - Gage (Libro No. 7)

Leading - Levi (Libro No. 8)

Racing - Dominic (Libro No. 9)

Loving - Drew (Libro No. 10)

I Rourke di Villroy,

Principi da sogno ed eroine tostissime.

Royal Catch - Gabriel (Libro No. 1)

Royal Hottie - Phillip (Libro No. 2)

Royal Darling - Emma (Libro No. 3)

Royal Charmer - Lucas (Libro No. 4)

Royal Player - Oscar (Libro No. 5)

Royal Shark - Adrian (Libro No. 6)

I Rourke di New York

Rogue Prince - Dylan (Libro No. 1)

Rogue Gentleman - Sean (Libro No. 2)

Rogue Rascal - Jack (Libro No. 3)

Rogue Angel - Connor (Libro No. 4)

Rogue Devil - Brendan (Libro No. 5)

Rogue Beast - Garrett (Libro No. 6)

Andate sul mio sito web kyliegilmore.com/italiano per vedere la lista aggiornata dei miei libri.

L'AUTRICE

Kylie Gilmore è l'autrice Bestseller di USA Today delle serie: I Rourke; Storie scatenate; The happy endings Book Club; The Clover Park e The Clover Park Charmers. Scrive romanzi rosa umoristici che vi faranno ridere, piangere e allungare le mani per prendere un bel bicchiere d'acqua.

Kylie vive a New York con la sua famiglia, due gatti e un cane picchiatello. Quando non sta scrivendo, tenendo a bada i figli o prendendo debitamente appunti alle conferenze per gli scrittori, potete trovarla a flettere i muscoli per arrivare fino all'armadietto in alto, dove c'è la sua scorta segreta di cioccolato.

Iscrivetevi alla newsletter di Kylie per avere notizie sulle nuove uscite e sulle vendite speciali: kyliegilmore.com/IT-newsletter. Controllate il sito web di Kylie per trovare altra roba divertente: https://www.kyliegilmore.com/italiano/.